EL BARCO DE VAPOR

La tierra
de las papas

Paloma Bordons

 Joaquín Turina 39 28044 Madrid

Primera edición: mayo 1996
Décima edición: mayo 2002

Dirección editorial: María Jesús Gil Iglesias
Colección dirigida por Marinella Terzi
Ilustración de cubierta: Carmen Lucini

© del texto: Paloma Bordons, 1996
© Ediciones SM, 1996
   Joaquín Turina, 39 - 28044 Madrid

Comercializa: CESMA, SA - Aguacate, 43 - 28044 Madrid

ISBN: 84-348-5053-2
Depósito legal: M-18072-2002
Preimpresión: Grafilia, SL
Impreso en España/*Printed in Spain*
Imprenta SM - Joaquín Turina, 39 - 28044 Madrid

1

MARÍA, ¿qué te parecería si nos fuésemos a vivir un tiempo al extranjero?

Eso dijo Padre, y ahí empezó todo. Las cosas inesperadas siempre ocurren así, cuando una menos las espera. Creo que acabo de decir una bobada. A ver si me explico. Quiero decir que las cosas gordas, esas que cambian la vida de una, siempre la pillan desprevenida, a traición, como si llegaran invitados a casa sin avisar.

Recuerdo que cuando Padre me dio la noticia, yo estaba tan tranquila, hojeando distraída el periódico:

Lluvias torrenciales en Levante...

—Vamos a ir a Bolivia —dijo Padre.

No dije nada. Clavé los ojos en el periódico y repetí para mis adentros una y otra vez: «Lluvias torrenciales en Levante lluvias torrenciales en Levante lluvias torrenciales...». Como si así pudiera hacer que el tiempo volviera atrás unos segundos y Padre no hubiera dicho nunca aquello.

Pero, de todas formas, la idea de que nos marchábamos muy lejos fue calando despacito por mi conciencia, como el café en un terrón de azúcar. Y empecé a darme cuenta de lo que suponía marcharse.

—¡Irnos de Madrid! —gemí.

—Siempre has dicho que no te gusta.

—¿Y el colegio?

—¿Desde cuándo te importa el colegio?

—¿Y mis amigos? ¿Y Bea?

—¿Bea? ¿La creída chismosa?

Puede que un instante antes pensara que Madrid era un asco, el colegio un rollo y Bea una creída chismosa. Pero eso era cuando creía que tenía Madrid, colegio y Bea para rato. Ahora que podía perderlos, me importaban como nunca. Y el que quisieran separarme de ellos era algo que me llenaba de rabia.

Una puede gritar bastantes cosas ridículas cuando está rabiosa. Y lo peor es que cuando se da cuenta de las tonterías que ha dicho, se pone más rabiosa todavía. Y cuando comprende que ponerse rabiosa no va a cambiar en nada las cosas..., ¡vaya! Con toda la rabia acumulada se podría encender una bombilla de 100 vatios. Porque yo creo que la rabia es una especie de energía, aunque no se estudie en clase de física.

Aquel día gasté tanta energía que me quedé agotada. Cuando una está muy cansada, no puede sentir bien rabia. En cambio, es la situación ideal para sentir pena por una misma. Para sentir pena por una misma, se recomienda tumbarse en la cama (mejor boca abajo) y pensar en lo desgraciada que se es y en lo mal que te trata el mundo. Se empieza pensando en la desgracia actual (en mi caso, el viaje a Bolivia). Pero luego vale pensar todo tipo de desgracias que le hayan pasado a una, incluso las que no vengan a cuento. Normalmente al poco rato de pensar estas cosas se le desbordan a una los ojos y es muy triste y al mismo tiempo muy agradable. Se acaba una durmiendo y al día siguiente se despierta con los ojos resecos y con la cara llena de churretes. Y durante unos instantes se siente descansada y casi contenta hasta que se acuerda de que..., ¡qué demonios!, la quieren llevar a Bolivia. Y como una ha recuperado las energías, puede ponerse furiosa de nuevo, y luego sentir pena..., y así sucesivamente.

Por eso los preparativos de mi viaje a Bolivia fueron tan agotadores.

2

HAY que ser realista. Si un señor que te saca casi treinta años y que encima dice que es tu padre decide algo sobre tu futuro, ese algo se cumple. Por eso, entre rabieta y rabieta, empecé a preguntarme qué sería aquello de Bolivia.

En el atlas, Bolivia era un trozo de Suramérica pintado de rosa y encajonado entre otros pedazos de color verde, amarillo, naranja, violeta y rojo: Brasil, Argentina, Chile, Perú y Paraguay. Y de azul... ¡nada! ¿Qué clase de país es un país sin mar?

—Pues un país el doble de grande que España y con unas montañas que me río yo del Montblanc —repuso Padre.

Eso me pasaba por protestar en voz alta. No respondí nada, porque por aquellos días le había declarado la guerra fría a Padre. Intenté concentrarme en leer la enciclopedia. Allí decía que Bolivia estaba cruzada por los Andes.

Hablaba del Altiplano, una meseta inmensa y fría a 4.000 metros sobre el nivel del mar. Hablaba del Titicaca, el lago navegable más alto del mundo. Hablaba de Potosí y las minas de plata, de indígenas y de pobreza. De golpes y más golpes de Estado... ¡Pues vaya un país seguro para llevar a una hija! Miré las fotos: llanuras enormes y peladas. Mineros escuálidos con la cara tiznada. Niños harapientos. Llamas, esas ridículas ovejas con el cuello estirado y cara de camello... Y en mi cabeza se fue formando una imagen triste y sucia de Bolivia. Bolivia debía de ser eso que llaman el Tercer Mundo. Era América Latina sin lo bueno de América: sin playas, calor ni palmeras. Tan hundida estaba en mi depresión que me dejé sorprender por el Enemigo, que se sentó junto a mí y me propuso un plan de paz. A saber:

—Mira, María —tonillo del padre comprensivo que intenta convencer a una hija cerril—. No tengo más remedio que ir a Bolivia, no sé muy bien por cuánto tiempo. Un año, dos... Pero veo que para ti es un sacrificio demasiado grande. He estado hablando con tía Leonor y está dispuesta a quedarse contigo. Aquí mismo, en casa. ¿Quieres eso?

—¡No! —grité.

¡Zas! Ya estaba encerrada. No quería irme ni tampoco quedarme. La gente mayor, con sus triquiñuelas, siempre acababa consiguiendo que pareciera una niña caprichosa que no sabe lo que quiere. Y yo sabía muy bien lo que quería. Que todo siguiese siendo como antes. Tan... ¿estupendo? Bueno, o tan lo-que-fuera como antes. Pero las cosas nunca siguen siendo como antes. Una se va dando cuenta según crece. Y en cuanto cambian, «antes» empieza a parecer mucho mejor.

Pero, bueno, Padre me había hecho el truco del almendruco y había que aceptarlo deportivamente. Ahora no tenía más remedio que elegir entre dos cosas que no quería y encima, como me habían dado a elegir, no podía rechistar.

—Iré a Bolivia —gruñí.

Padre había ganado la guerra fría.

3

PADRE estaba entusiasmado como un chaval con el viaje a Bolivia. Nunca he visto a otra persona mayor que sepa entusiasmarse como él. Bueno, salvo los hinchas de fútbol. La otra gente mayor que yo conozco se alegra y se entristece con menos ganas.

Es que en esto, y en algunas otras cosas, Padre no es un adulto corriente. Ni un padre corriente. Supongo que por eso nunca lo he llamado «papá», como hacen las hijas corrientes con los padres corrientes. Para mí es Padre. O Tijeras, como le llaman sus amigos. La primera vez que le llamé así, por su apellido, la tía Leonor puso el grito en el cielo y creo que por eso me aficioné al nombre. Bien pensado, lo de Tijeras le pegaba más que lo de papá o lo de padre. Porque Padre no tenía pinta de padre. Ningún padre de los que yo conocía tenía una camiseta de Michael Jackson, ni iba a trabajar en bicicleta, ni presumía de no haber entrado nunca en El Corte Inglés, ni dejaba que su hija no fuera al colegio cuando tenía el día tonto.

Y no es que Tijeras sea un *hippy*, un revolucionario, un irresponsable o algo así. ¡Qué va! Es un tipo muy serio. Incluso demasiado serio para las cosas que él considera serias. En las cosas «no serias», como su camiseta o un día de colegio de su hija, ni se fija. Creo que nunca ha sabido que su camiseta de Michael Jackson era de Michael Jackson.

Para Padre las cosas serias son esas que pronuncia con mayúscula, con la boca grande. Cosas como Paz Mundial, Ecología o Derechos Humanos. Las Cosas Con Mayúscula le hacen leer libros, ir a manifestaciones, dar dinero y puñetazos en las mesas. Incluso su trabajo es una Cosa Con Mayúscula: Padre es técnico en Energía Solar. Eso entra dentro de la Cosa con Mayúscula «Ecología», porque dice Padre que del sol se puede sacar energía sin contaminar ni destruir el entorno.

Precisamente la Energía Solar tuvo la culpa de que Padre y yo fuéramos a Bolivia. Su empresa le hizo responsable allí de un proyecto que se llamaba «Electrificación solar en el Altiplano», o no sé qué gaitas.

Ésa era la Cosa Con Mayúscula que ahora le ocupaba la cabeza noche y día.

12

—Bolivia es un país enorme y lleno de montañas. A muchas partes no llegan los postes de la luz. Y entonces, ¿qué pasa? Pues llegamos nosotros con nuestros paneles solares y convertimos la energía solar en energía eléctrica. La energía solar es barata, es limpia... ¿Me estás escuchando, María? ¿Te das cuenta de lo que significa la energía solar para un país tan pobre como Bolivia?

Yo hacía como que escuchaba. La verdad es que pronto perdía el hilo y pensaba en otra cosa. Les tenía tirria a las Cosas Con Mayúscula, más cuanto más le interesaban a Padre. Hasta que una parte de mí me reñía por dentro: «Atiende, María. Eres una frívola. Una niña tonta y pija, siempre pensando en chicos y trapitos. ¿Qué pensaría Tijeras si pudiera meterse en tu cabeza?».

Pero a Tijeras nunca se le ocurría meterse en mi cabeza. Yo no era ninguna Cosa Con Mayúscula: no vivía en un país en guerra, ni tenía hambre, ni era una minoría maltratada, ni estaba en peligro mi capa de ozono.

4

Bolivia resultó estar mucho más lejos aún de lo que pensaba. No sé cuánto tiempo pasamos en aviones y aeropuertos. Parecía que las azafatas pretendían hacernos perder la noción del tiempo, venga a darnos de desayunar, comer y cenar a las horas más insospechadas.

Padre ya conocía Bolivia. Me hablaba entusiasmado de lo que encontraría al llegar, no sé si por entretenerme, por animarme, o por ese gustito que da hablar de lo que uno conoce al que todavía no lo ha visto.

—Bolivia es el doble de grande que España. Y tiene de todo. Tiene una parte tropical llena de selvas, casi al nivel del mar —Padre agarró un panecillo de nuestro segundo desayuno y lo paseó por su bandeja—. Tiene una parte de valles, muy fértil, a unos dos mil metros sobre el mar —Padre alzó el panecillo a la altura de su nariz—. Y tiene una parte de Altiplano, toda pelada, entre los tres mil quinientos y los cuatro mil metros. ¿Tú sabes lo que son cuatro mil metros? —Padre alzó el panecillo sobre su cabeza con el brazo muy estirado, como si eso me fuera a dar idea de lo que eran cuatro mil metros—. ¡Ni el pico más alto de España llega a los cuatro mil metros!

Padre seguía ondeando el panecillo por encima de su cabeza y los pasajeros vecinos empezaban a mirarle con curiosidad.

—Nosotros viviremos en la zona del Altiplano, en La Paz. ¡La ciudad más alta del mundo! ¡Tres mil seiscientos metros! ¿Qué te parece, María?

—Bien, bien, pero baja ya ese pan —susurré mirando de reojo a mi alrededor. Los padres son únicos poniéndola a una en situaciones embarazosas.

Padre bajó «La Paz» y se la comió con mantequilla.

¡No, si estaba claro que tenía las de perder! Resulta que había una Bolivia de sol y palmeras: eso sonaba bastante bien. Y otra Bolivia de valles verdes: tampoco debía de estar mal. Pero a la menda le había tocado precisamente la tercera Bolivia, la peor: el Altiplano triste y pelado.

Caminaba por el Altiplano, tan cerca del cielo que me empiné un poco y lo rasqué con los dedos. Seguí caminando. El cielo estaba cada vez más cerca. Me rozaba la cabeza. Ahora me aplastaba los hombros. Me agaché. Me puse en cuclillas. Me arrastré. Y el cielo bajando y bajando, como queriendo aplastarme...

«Señores pasajeros, estamos sobrevolando la cordillera de los Andes. Dentro de unos minutos aterrizaremos en el aeropuerto de El Alto de la ciudad de La Paz...»

Di un respingo, abrí los ojos y vi debajo del avión un montón de montañas peladas que subían y bajaban. Daban miedo. Más que montañas, parecían esqueletos de animales gigantescos semienterrados. No había nada vivo sobre ellas: ni gente, ni animales, ni plantas. Seguro que nadie había pisado jamás por allí. Me dio por pensar que los hombres éramos muy poca cosa y la Tierra era enorme. Y por lo visto La Paz estaba precisamente en el centro de toda esa enormidad, rodeada de esas montañas-dinosaurios que me daban tan mala espina.

Nos acercamos a una montaña nevada mucho más alta que las demás. Estaba tan cerca que la nieve parecía poderse tocar estirando los dedos. Me dio un vuelco el estómago.

—¡Padre! ¡Vamos a chocar contra ese pico!
—le agarré frenética de la mano.

—¡María! ¡Que me rompes un dedo!

Abrí los ojos y dejé en paz el dedo de Padre. Habíamos sobrevolado la montaña. Padre me miraba sonriente. Los otros pasajeros también sonreían, bonachones, ante el grito de la pobre niña que seguro que nunca antes había viajado en avión. ¡Qué ridículo!

Por eso llegué rabiosa a la ciudad de La Paz.

5

«LA Paz es una ciudad de mentira», pensé. «Es una broma pesada».

Desde la carretera que bajaba del aeropuerto se la veía pequeñita, metida en un hoyo en la mitad de aquel Altiplano desierto, como si alguien la hubiese plantado allí por una apuesta o algo parecido. Y parecía que ese «alguien», para hacer la ciudad, había espolvoreado luego las casas sobre el hoyo. Las más pobres se habían quedado en los bordes y en las paredes del agujero, desparramadas de mala manera. Y las más ricas habían ido a parar al fondo, más ordenaditas.

El taxi —a cualquier cosa llamaban taxi en aquel país— bajaba a tumba abierta hacia el centro del hoyo. Hasta que en algún momento estuvimos dentro y empezó el gran follón.

Un montón de autobuses destartalados interrumpía el tráfico cargando y descargando pasajeros. Los coches atascados pitaban todos a la vez.

Un pobre muy pobre metía la cabeza por una ventanilla de nuestro taxi:

—*Regalame... regalame* para un pancito... —gemía.

Una niña de cara sucia asomaba la cabeza por la otra ventanilla:

—*Comprame* masticables... Diez por un peso.

Un chaval caminaba entre los coches vendiendo periódicos:

—¡*La Razón, Presencia, Diario*!

—¡Hay caneeeela hay leeeeche hay creeeeema! —gritaba una vendedora de helados.

—*Dolarés dolarés*... Cambio *dolarées* —voceaba un hombre sacudiendo un fajo de billetes.

El aire olía a mil cosas y ninguna me gustaba.

Había demasiado color, como si fuera un anuncio de Kodak: las frutas de los puestos de la calle, las ropas de las mujeres, el azul del cielo...

Había demasiada gente, como si toda hubiera salido a la vez a la calle. Vi muchas caras oscuras, como sucias, y muchas ropas pobres. Y luego ya no vi nada más porque no me entraban más cosas en la cabeza y apreté los ojos y no los abrí hasta que Padre me hizo bajar del taxi.

—¡Ya estamos en casa!

Miré al frente. Miré hacia arriba. Miré aún

más arriba. Miré aún aún más arriba. Aquel edificio no se acababa nunca.

—¿Qué te parece? Vamos a vivir en un piso veintidós. ¡Tres mil seiscientos metros más veintidós pisos! Poca gente en el mundo puede presumir de vivir tan alto.

Padre en todo encuentra motivo de entusiasmo. En aquel momento yo todo lo encontraba horrible y hasta absurdo.

—¡Y mira qué piso! Grande, bonito, moderno... —insistió Tijeras cuando entramos en nuestra nueva casa.

Más absurdo todavía. ¿Qué hacía ese piso de lujo en medio de aquella ciudad de locos? ¿Y qué hacía aquella ciudad de locos en medio de la Nada?

Porque alrededor de La Paz estaba la Nada: esas montañas peladas y desiertas, como lomos de animales muertos, que había visto desde el avión. Me dio por pensar que alguna de esas montañas iba a sacudir el espinazo y toda La Paz se vendría abajo. A veces se me ocurren ideas absurdas como ésa y tengo miedo. Como que cuando bajo un escalón a oscuras no va a haber nada bajo mi pie y voy a caer y caer para siempre. Ya sé que es tonto, pero qué le voy a hacer. Uno no se asusta cuando quiere. Así que la cosa es que en aquel piso sentí vértigo, y miedo, y ganas de agarrarme a algo sólido. Suerte que encontré al Illimani.

El Illimani, aquel monte nevado que habíamos sobrevolado en el avión, se asomaba como si fisgara a la ventana de la que iba a ser mi habitación. Se le veía enorme y precioso. Hasta le perdoné el susto que me había dado durante el vuelo. Ahora no me resultaba amenazador como los otros montes más pequeños. Al contrario. Su cabezota blanca tenía algo protector, como de abuelo.

—Es que es en cierto modo un abuelo, y también es protector —dijo Padre—. Los indígenas creen que sus dioses y sus antepasados más honorables se encarnan en la naturaleza. Los más importantes se encarnan en las grandes montañas. Son los acha... acha...

Hoy, con bastante retraso, puedo echar una mano a Padre y concluir la palabreja que entonces se le atascó: *achachilas*, así se llaman los espíritus de los antepasados encarnados en la naturaleza.

—Bueno... los acha-lo-que-sea. Ahora siéntate aquí y verás lo que es bueno.

Me senté junto a Padre en el sofá situado frente al ventanal del salón.

A través del cristal se veían las laderas que rodeaban la ciudad, o sea, las paredes del hoyo donde estaba metida La Paz. Sí, esas paredes donde «alguien» había desparramado las casas más pobres y más feas. Estaba atardeciendo.

—Eso es El Alto —Padre señaló las casuchas—. En realidad es una ciudad aparte de La Paz, donde vive la gente humilde, indios y mestizos pobres. Allí arriba en muchos sitios no hay calles, ni alcantarillado, ni electricidad, ni agua... Cada día llega a El Alto más gente del campo buscando trabajo. En cuanto pueden, se levantan una casa con sus propias manos, con adobe y ladrillo. Y El Alto va creciendo a toda pastilla. En cambio La Paz, donde viven los blancos y los mestizos con dinero, va creciendo despacito en su hoyo.

A medida que oscurecía, se iban encendiendo luces en las laderas «de los pobres». Las casuchas deprimentes iban desapareciendo y se convertían en puntos de luz. Me acordé del belén que ponen en la parroquia de al lado de casa por Navidad, en el que se hace de noche y de día. Cuando todas las luces estuvieron encendidas, me dieron ganas de aplaudir. Y sobre todo me quedé más tranquila al no tener a la vista aquellas casas que me recordaban que, mientras yo estaba en mi piso veintidós calentita y a gusto, había muy cerca otra gente que no lo estaba tanto.

6

QUERIDA Bea:

La Paz es una ciudad horrible donde todo anda mezclado, hasta el clima. Pasas calor al sol y frío a la sombra. Ves un edificio lujoso junto a otro casi en ruinas, un autobús desvencijado junto a un Toyota todo terreno resplandeciente, una señora fina junto a un pobre, y todo así. Es un jaleo de ruidos, olores, colores, gente y coches, que aquí ni siquiera se llaman coches, sino movilidades. ¡Qué palabra mas boba!

Hay mucha gente que no es como nosotros. Tienen otro color, la cara hecha de otra forma (así como sin acabar de pulir), visten diferente, miran distinto, hablan distinto... Son los indios aimaras y quechuas, la gente que estaba aquí antes de que llegaran los españoles. La verdad es que me dan un poco de miedo y un poco de asco. Huelen mal. Padre me mataría si leyera esto, porque se me ha puesto de lo más «indigenista», ya sabes que él tiene que ser siempre más papista que el Papa. Acuérdate cuando le dio la manía ecologista y se compró la bici y tiró a la basura todos los aerosoles de la casa, incluida la espuma para el pelo aquella que me prestaste. Pues ahora está igual con la cuestión de los indios. Hasta le ha dado por usar un chaleco de colorines de los que se supone que usan los indios, pero que en realidad sólo lo llevan los gringos [1] como él, y va por ahí más ancho que largo.

En Bolivia más de la mitad de la población es indígena, figúrate el plan. Y la mayoría de los indígenas son pobres. Así que pobres aquí hay un rato. ¡Y qué pobres! Parecen de concurso. Me río yo de los pobres españoles. Hoy he visto uno que ya no era ni persona. Tenía la piel como una corteza de árbol. Sus pies sólo se sabía que eran pies porque estaban abajo. Le ha clavado en el estómago a Padre su sombrero de pobre y ha gemido como un animalito. ¡Tía, qué impresión! Qué asco y qué lástima. Encima Padre no ha querido darle nada, porque dice que el problema de la pobreza no se resuelve con la caridad fácil. Quizá no se resuelva

---

[1] En Bolivia todos los extranjeros somos *gringos*.

24

el problema de la pobreza, pero al menos ese tipo se habría comprado un mendrugo de pan, digo yo. Claro que si una empieza así tiene que salir con un cargamento de monedas de casa, porque aquí hay más pobres que garbanzos en un cocido. Sobre todo, niños. Niños muy pequeños que te persiguen pidiendo dinero. Y niños lustrabotas que señalan los zapatos de Padre y dicen: «¿Lustro, caballero?», «Cincuenta centavitos», «No brilla, no paga», y cosas así. Padre se enfada porque dice que con tanto niño señalando sus zapatos siempre tiene la sensación de llevarlos sucios. «Pues que te los limpien», digo yo. Y él dice que ni hablar y que no va a participar en esa explotación y que esos niños debían estar en el colegio, y patatín y patatán. Y yo le digo que ya que de todas formas no van a ir al colegio, por lo menos que se ganen cincuenta centavitos, y él dice que eso es «perpetuar la explotación», y que «hay que cambiar el sistema», pero nunca llega a decirme cómo. De todas formas me gusta que tengamos discusiones así, un poco como de personas mayores.

Aquí, como está tan alto, por lo visto el aire es más ligero y lleva menos oxígeno. Por eso, cuando subes cuestas, te cansas mogollón y el corazón te late como loco, tocotón, tocotón, tocotón. Hay gente que se pone enferma y todo del «mal de altura», que le llaman. Dicen que para la altura es muy bueno tomar mate de coca, que es una infusión medio amarga hecha con hojas de coca. Sí, coca, la misma de donde se saca la cocaína de los drogatas. Pero yo he bebido el mate y no te coloca ni nada, ¡un chasco! Claro que supongo que viene a ser lo mismo que querer emborracharse tomando uvas en vez de vino.

Aquí los señores «oscuritos» visten normal, pero de las mujeres «oscuritas» hay bastantes que se visten que es la monda, como si fueran de otro tiempo. Las llaman «cholitas». Una cholita es como una mesa camilla con piernas. Lleva no sé cuántas faldas con mucho vuelo y de colores brillantes, una encima de otra (polleras las llaman aquí), de modo que no se sabe dónde acaba la cholita y dónde empieza la ropa.

Las cholitas suelen tener cara de torta, mofletes colorados y un par de trenzas larguísimas y negras. En la cabeza llevan una especie de bombín chiquito que parece siempre que se va a caer. No se sabe de dónde salió el tal sombrero. Padre ha leído en uno de sus libros que un empresario inglés vino a construir el ferrocarril y en vez de pagar a sus trabajadores con dinero les pagó con un cargamento de bombines que le sobraba. Y allí empezó la moda. No sé si es verdad, pero me gusta la historia. A Tijeras le da rabia porque dice que es una prueba más de cómo el blanco se aprovecha del indio. Ya te digo que se está poniendo un poco plasta con la cuestión indígena.

Las cholitas me cansan de sólo mirarlas. Siempre están acarreando cosas de un lado a otro, en unas telas de colorines que se echan a la espalda y que se llaman aguayos. Ahí cargan comida, muebles, flores, niños, y a su propia abuela si hace falta.

Las cholitas, además de pasearse por la ciudad cargadas como mulas, se dedican a vender cosas en las calles o a trabajar en las casas de la gente de dinero, como las chachas de España de antes. Aquí Padre y yo somos «gente de dinero» porque todo es más barato que en España. O sea, que podríamos tener una cholita en casa. Pero ni hablar. ¡A mí me daría un asco...! Así que comemos todos los días «huevos a la boliviana». Es una forma de hacer los huevos que ha inventado Padre por casualidad: no son ni fritos ni revueltos ni en tortilla, sino todo lo contrario. ¡Una risa! Bien llenos de *esa clara babosa sin cuajar tan repugnante. Pero yo como y callo. Mejor comer «huevos a la boliviana» que tener una mujer de ésas en casa.*

Aquí ahora está llegando el verano. Resulta curioso pensar que en España estáis en otoño. Claro que es un verano de porquería. A 3.500 metros de altura el aire es siempre frío, aunque durante el día el sol pega como un condenado. El curso escolar acaba el mes que viene, así que no comenzaré las clases hasta el próximo curso, allá por febrero. Padre me quiere llevar al colegio angloamericano. ¿Te imaginas? ¡Él que se mete tanto con los yanquis! Dice que con la educación no se juega y que le han dicho que es el mejor colegio de la ciudad. Y que así mejoraré mi inglés. ¡Venir a Bolivia a mejorar mi inglés! Habría preferido ir a Inglaterra.

Bueno, ya me despido. Cuéntame cosas de la clase, y en especial de Quien-tú-ya-sabes. ¿Se afeita ya ese bigotito tan ridículo que le estaba saliendo? Si no, hasta soy capaz de buscarme un indio aimara por aquí. ¿Habéis empezado a ensayar para la función de Navidad? ¿Venden ya castañas asadas en las calles? Todo el tiempo pienso en lo que estará pasando allá: «Ahora estarán en

clase de gimnasia». «Ahora sonará la cam-
pana de la comida». «Ahora estarán en clase
de matemáticas con la Coseno». Bueno, eso
casi nunca lo pienso porque a la hora de la
Coseno suelo estar todavía medio dormida.
Aquí son seis horas menos que allí. Da gus-
to remolonear entre las sábanas y saber que,
mientras, la Coseno está escribiendo ecua-
ciones en la pizarra, pero la verdad es que
sólo por ese gustito no compensa estar aquí.
Y no me gusta vivir con seis horas de re-
traso. Me da la impresión de que el tiempo
nos llega ya todo usado por medio mundo.
O más de medio mundo, porque yo creo que
Bolivia es exactamente el fin del mundo.
Seguro que andas un poco más allá y hay
un cartel de «Prohibido el paso» y un agu-
jero negro. En fin, pues desde el fin del
mundo te mando la carta más larga de mi
vida y un beso muy fuerte.

María

P.D. Fíjate si será el fin del mundo que
no hay ni McDonalds.

7

LOS primeros días en La Paz no estuvieron mal, después de todo. Padre no tenía que trabajar todavía. Dábamos paseos por la ciudad. Comíamos huevos a la boliviana. Veíamos el belén. Así bauticé yo al atardecer sobre las laderas de La Paz. Siempre me ha gustado inventar palabras para que Padre y yo llamemos a las cosas. Así tenemos algo en común que nadie más conoce, aunque sólo sean palabras. A tía Leonor esto le daba mucha rabia:

—¿Cómo que vas al trono? ¿Qué trono?

Padre se llevaba el periódico y desaparecía con una sonrisa cómplice en el cuarto de baño.

Claro que aquí no hacía falta vocabulario secreto. Estábamos solos Padre y yo. Era una sensación extraña, pero que me gustaba: Padre, yo y nada entre medias, ni colegio, ni trabajo, ni televisión, ni tía Leonor, ni llamadas telefónicas...

La ciudad me empezó a gustar sólo porque

la recorría con Padre. Al principio me chocaba tanto el contraste de lo feo con lo bonito, de lo rico con lo pobre, de lo viejo con lo moderno, que no me di cuenta de que existía también Lo Normal. Resulta que allí también había edificios que no eran ni muy viejos ni muy nuevos, y coches que no eran ni muy destartalados ni muy lujosos, y personas que no eran ni muy oscuras ni muy blancas, y familias que no eran ni muy ricas ni muy pobres. Fue un alivio descubrir Lo Normal. Pero no tuve tiempo para disfrutarlo, porque enseguida Tijeras empezó a trabajar. Y poco después encontró una nueva Cosa Con Mayúscula que antes no le había preocupado: La Cuestión Indígena en Bolivia.

Se acabaron los paseos. Y la ciudad volvió a parecerme tan desagradable como el primer día. Empecé a quedarme horas y horas sola en casa. Y cuando no estaba sola, era como si lo estuviera: Padre volvía del trabajo con cara cansada y se ponía a leer libros y libros con títulos como: *Indígenas en Bolivia*, *La reforma agraria y los indígenas*, *La usurpación de la tierra a los pueblos originarios*, *Cultura aimara*, etcétera, etcétera, etcétera. A menudo se quedaba dormido entre dos páginas o, peor, se atrevía a dormitar durante nuestro cuarto de hora sagrado, el cuarto de hora del belén.

31

Mientras tanto, llegaron la suciedad y el polvo. La cocina estaba llena de grasa. Había un cerco amarillento en la bañera. Nuestros estómagos empezaban a protestar por la dieta de huevos a la boliviana. Eran ese tipo de cosas con minúscula en las que Padre nunca se fija. Pero llegaron a ser tantas cosas con minúscula juntas que hasta Tijeras acabó por darse cuenta.

—Habría que contratar una cholita para que limpie y cocine —comentó un día.

—¡Ni hablar! —dije yo.

Pero ya se ha visto en lo que va de historia que mis opiniones por entonces no eran muy tenidas en cuenta.

De modo que entró en escena Casilda.

8

CASILDA llamó a nuestra puerta una mañana con un timbrazo tan tímido que pensé
que había sonado sólo en mi imaginación. Por
si acaso fui a abrir la puerta, y allí estaba: un
auténtico ejemplar de cholita, pero en pequeño. Sería un poco mayor que yo: catorce años,
quince como mucho. Tenía sus correspondien-
tes trenzas negras y larguísimas y su cara redonda con los mofletes rojos y lustrosos, como
las manzanas de las fruterías de lujo. Tenía su
pollera de color rosa vivo y su bombín tan
ladeado sobre la cabeza que daban ganas de
tirarlo de un soplido. Se retorcía las manos y
clavaba la vista en el suelo, avergonzada,
mientras murmuraba unas palabras que no
comprendí.

Creí que se había equivocado de puerta hasta que llegó Padre a medio afeitar.

—Tú debes de ser Casilda —dijo.

Y Casilda bajó aún más los ojos, se puso

todavía más colorada y murmuró algo así como:

—Soy, sí señor.

Desde aquel día tuvimos un ratoncito en la casa. Así la bauticé yo con bastante mala idea: *el Ratoncito*, y por una vez Padre no me siguió la corriente. El Ratoncito limpiaba, lavaba, hacía la compra, cocinaba. Se movía por las habitaciones sigilosa y a trote ligero. Y cada vez que nos veía a Padre o a mí, daba un respingo, se sonrojaba y huía corriendo a la cocina. Claro que yo también daba un respingo cuando aparecía ella. Nunca la oía llegar, y su presencia me inquietaba, como si fuera de una especie distinta que yo.

Yo estaba muy enfadada con Tijeras por haber metido a Casilda en casa, contra mi voluntad y sin avisar. Pero era inútil enfadarse con Tijeras, que ni siquiera parecía darse cuenta de mi cara larga. Así que traspasé mi enfado a Casilda, y la odié por estar allí, y por ser tan tímida y sumisa, y por lo de la sopa.

Nunca me ha gustado la sopa. Me parece poco seria una comida que ni siquiera se mastica. Pues bien, con Casilda, nuestro régimen de huevos a la boliviana cambió a régimen de sopa. Lunes: sopa. Martes: sopa. Miércoles: sopa... Y así hasta el infinito.

—Qué te apuestas a que hoy el Ratoncito

nos ha hecho sopa —gruñí aquel día a Padre mientras esperábamos a que Casilda sirviera el almuerzo.

Casilda apareció trayendo la sopa nuestra de cada día y se retiró.

—¿Lo ves? —exclamé entre furiosa y triunfante—. ¡Estoy hasta las narices de sopa!

—Si quieres que haga otra cosa, ¿por qué no la enseñas?

Padre sabía perfectamente que mi única especialidad en la cocina era recalentar comida en el microondas. Y aquí no teníamos microondas. Enfurruñada, ataqué por otro flanco:

—¡Mira! ¡Un pelo! —grité mirando mi plato—. ¡Qué asco! Y esto no es lo peor. Nunca se lava las manos. ¿Le has mirado las uñas? Y con esas manos toca nuestra comida... ¡Cualquier día cogemos una enfermedad! Desde que llegó, todo me sabe raro, todo me huele raro. Me huele como huele Casilda. Así como a sudor, a animal, a... No sé. Nunca antes había olido nada así.

Ninguno se había dado cuenta de que el Ratoncito estaba junto a la mesa, esperando para retirar los platos de sopa. Quién sabe qué parte de nuestra conversación habría escuchado. Nos callamos. Yo, avergonzada; Padre, avergonzado y furioso.

—Ya está bien, María —dijo en cuanto Casilda desapareció en la cocina. Y me lanzó una mirada fulminante que usa sólo cuando me desprecia mucho—. Estás fuera de tu país y, como es natural, las cosas son distintas. Y como comprenderás, las cholitas no van a cambiar sus costumbres sólo porque hayas llegado tú. Más bien eres tú la que debes cambiar para adaptarte al país.

—¿Dejar de ducharme? ¿Oler a perro? ¿Comer sopa con pelos? ¿Eso es lo que tengo que hacer? —grité fuera de mí, pero con la voz de falsete del que sospecha que no tiene razón.

—Tú sabrás lo que tienes que hacer —Padre se levantó de la mesa sin terminar de comer—. Y ahora disculpa, pero se me hace tarde. Tengo una reunión.

¡Demonios! ¡Qué ataque de rabia! Tuve que ir a la ventana de mi cuarto a mirar al abuelo Illimani para tranquilizarme un poco.

¡Una reunión! Claro. Así era fácil estar en Bolivia. Trabajando. Teniendo reuniones en oficinas que son iguales en cualquier parte del mundo. Lo difícil era quedarse en la casa hora tras hora, papando moscas o jugando al escondite con Casilda.

Sí, las dos jugábamos al escondite. Ella intentaba no estar donde estaba yo, y yo, no estar donde estaba ella. Si yo entraba en la cocina y la sorprendía comiendo a su manera,

36

sin cubiertos, las dos dábamos un respingo de vergüenza. Si ella entraba a arreglar mi habitación y me encontraba tumbada en la cama pensando en las musarañas, más respingos. Eso de que me viera perdiendo el tiempo mientras ella, una chica poco mayor que yo, lavaba, limpiaba, planchaba y cocinaba, me hacía sentir mal. Lo arreglaba sintiendo un poquito más de rabia contra ella.

Yo me olía y no sentía nada. Pero pensaba en lo que había dicho la señorita gringa de mi olor y me ardía la cara. Asín que más luego fui al baño, que estaba lleno de frascos, y me puse de uno para oler como la señorita. El perfume ese me hizo doler mi cabeza todo el día y hasta me mareé en el trufi cuando volvía a casa. A la mañana siguiente el señor olía a lo mismo porque resulta que el perfume había sido de él. Yo no sabía que los hombres se ponían perfume, pero.

La cosa es que yo soy limpia pues, sólo que mudarme de ropa mucho no puedo porque no me alcanza, no como la señorita gringa que ella tenía todo un armario lleno de ropa y pantalones más de cinco. Y de un *redepente* me entraron ganas de gastar pantalones yo también y dejar de ser cholita de pollera, porque de enaí viene todo lo malo, que sólo por ser chola hay muchos que te creen sucia y zonza

37

y se hacen la burla. Por eso de mis amigas ya casi ninguna gasta pollera. Esa misma noche me soñé que llevaba pantalón y me sentía como pollo sin plumas y llegaba al pueblo y al verme mi mamá se avergonzaba de mí y me golpeaba. Por eso fue que en la mañana pensé que iba a seguir con mi pollera, que además mi tía dice que hay que estar orgullosa de ser chola y que una chola bien trajeada es mil veces más elegante que una señora de vestido.

9

*H*OLA, Bea:

La verdad, no sé por qué te escribo cuando ni siquiera has contestado a mi primera carta, pero es que ando con «depre» y tengo que contárselo a alguien, aunque sea a una mala amiga.

Esto es supercutre. En la calle pasan tantas cosas a la vez que una acaba aturdida, y por eso casi no me atrevo a salir sola. Además, ahora llueve todo el tiempo. Es la época de las lluvias. Éste es un país tan atrasado que hasta tienen época de lluvias, que yo creía que eso sólo pasaba en la selva. Al principio, no estuvo tan mal por la novedad y porque Padre aún no había empezado a trabajar y yo estaba con él. Pero ahora es horrible. Tijeras ha contratado una de esas cholitas para hacer las cosas de la casa. Nunca había visto unas uñas tan mugrientas. Comemos todos los días sopa con *pelos. Cualquier día cogemos el cólera, o un gusano de esos que se meten en las tripas, o vete tú a saber. Tijeras está entusiasmado. Le encanta su trabajo, le encanta Bolivia, le encantan los indios, y rebaña con pan los platos de sopa con pelos. Sigue con su chaleco de colorines. Trabaja mucho. Le veo a la hora de comer y luego a la noche, pero viene tan cansado que muchas veces se duerme en mitad del belén. El belén es cuando anochece en La Paz y se encienden las luces en los barrios pobres de las laderas. ¡Con decirte que ese rato es el que más me gusta de todo el día! Imagínate cómo será el resto. Además de todo me ABURRO, con mayúsculas. Las horas se me hacen eternas mientras Padre está fuera. Duermo mucho, no tengo ganas de hacer nada. He colgado enfrente de mi cama mi póster aquel de Prince y hasta me sé cuántas tachuelas lleva en la çazadora. No conozco a nadie aquí. Casilda no cuenta porque no podría hablar de nada con ella, es como un ratoncito. Bueno, sí que tengo un amigo. Le veo cuando no está nublado. Le hablo de mis cosas. Es un monte que se llama Illimani. Sí, ya ves que me estoy volviendo un poco tarumba. Cuéntaselo a la psicóloga del colegio a ver si me mandan de vuelta a* casa. Con tal de estar en España, hasta iría con gusto a clase de la Coseno. ¡Y sería voluntaria para salir a la pizarra! ¿Ves? Como una cabra. Por favor, escríbeme una carta bien larga. Besos.

María

10

—¡EL gorro! ¡He ganado! —chillé sacudiendo un gorro de ducha rojo con rayas blancas.

Gorros de ducha, limones, jabones, paraguas, carteras de ejecutivo, empanadas, coladores, sillas, palomitas, periódicos, maletas, manzanas, gafas de sol, aspirinas, relojes, paneras, cepillos de uñas... Uno podía ver todo esto en los puestos callejeros del centro de La Paz en el mismo tiempo que he tardado en escribirlo. En aquella ciudad todo el mundo parecía vender algo.

Nuestro juego consistía en buscar cosas insólitas en los puestos mientras paseábamos por la ciudad. Uno de los dos proponía: «¡Un cascabel!», o «¡Un candado!», o «¡Un gorro de ducha!». Ganaba el primero que lo encontrara. Claro que en cuanto la cosa se ponía un poco difícil ganaba yo, porque Tijeras se distraía enseguida. No sabía tomarse los juegos en serio.

Estuve un buen rato eligiendo mi gorro. Me

quedé con uno blanco con corazones rojos. Eso también era parte del juego. El que ganaba se llevaba la «cosa insólita» de regalo. Juraría que esa regla se la inventó Padre porque le daba lástima que allí casi todo el mundo vendiera y casi nadie comprara.

Padre se puso a hacer el ganso con mi gorro de ducha en la cabeza. Yo me retorcía de risa. Tanto me retorcí, que le di un codazo en el estómago a un señor .viejo con sombrero que pasaba por allí.

—Oh... Perdone.

—No es nada, hijita —dijo muy amable deteniéndose un momento.

Al pararse, tropezó con él un indio que venía andando con muchas prisas y no tuvo tiempo de frenar.

—¡Aparta, Atahualpa! —le gritó el viejo del sombrero con desprecio.

El indio hundió la cabeza entre los hombros y siguió su camino.

—Para ser un conocido suyo, no le trata muy bien —comenté a Padre.

—No creo que lo conozca —repuso él.

—Le ha llamado por su nombre.

—No le ha llamado por su nombre. Se estaba burlando de él. Le ha llamado Atahualpa. Atahualpa fue el último rey de los incas.

La palabra «incas» produjo un gran vacío en

mi cabeza, que sólo pude llenar a medias con un cómic de Tintín que había leído en España, *Tintín y el Imperio del Sol* o algo así. De todos modos, puse cara de enteradilla. No me gusta que Padre se dé cuenta de que soy un poco ignorante.

Pero se ve que no coló, porque Padre consideró necesaria una de sus largas explicaciones:

—Los incas fueron, como si dijéramos, los padres de los indígenas de ahora. Eran de raza quechua, y fundaron un imperio que se extendía por Perú, Bolivia, Ecuador y parte de Chile y Argentina. Luego llegaron los españoles, con Pizarro al frente, y... —Padre señaló con el pulgar hacia el suelo— Pizarro tomó prisionero a traición al rey de los incas, Atahualpa. Exigió como rescate una habitación entera llena de oro y joyas. Y cuando tuvo el rescate, decidió que mejor se cepillaba a Atahualpa de todas formas y se dejaba de líos. Con la muerte de Atahualpa se acabó el imperio inca. Y los quechuas —es decir, los incas— pasaron de ser dominadores a ser dominados. Los conquistadores obligaron a todos los pueblos indígenas a trabajar para ellos, en el campo y en las minas. Se llevaron la riqueza de esta tierra y a cambio trajeron enfermedades europeas que aquí no existían y que dejaron montones de víctimas...

Por una vez escuchaba con interés una de las explicaciones de Padre. Y, concentrada como andaba, estuve a punto de desbaratar el puesto de un indio que vendía ungüentos «milagrosos». Se ve que tenía el día torpe.

—¡Oh! Disculpe, señor..., señor inca.

Padre me alejó de allí de un tirón.

—Se va a creer que te burlas de él... —volvió la cabeza para mirar al vendedor—. Aunque a lo mejor, ahí donde lo ves, es de verdad descendiente del Inca. Imagínatelo con ricas joyas y unas plumas en la cabeza...

El «señor inca» seguía pregonando su mercancía en la calle:

—¡Bálsamo de coca! Contra *el* artritis y la gota...

Me resultaba difícil transformarlo en rey de los incas.

—Así es la historia, María. El que domina, luego es dominado. Los incas dominaron a otros pueblos americanos, como los aimaras, y luego los españoles les hicieron papilla a ellos. Los romanos dominaron a los griegos, y los bárbaros a los romanos... Pero los indígenas no pierden la esperanza, porque saben que ha de llegar el *pachakuti*.

Esta vez ni me molesté en poner cara de enteradilla.

—Según las creencias de los indios —continuó Padre—, cada cierto número de años es como si la Tierra diese un vuelco y todo se pone patas arriba. Eso es el *pachakuti*. Cuando llegaron los españoles hubo un *pachakuti* y a los indios les tocó pasar de arriba abajo. En el próximo, ellos volverán a estar arriba, y sus dominadores serán dominados. Por eso esperan pacientemente. Saben que el *pachakuti* ha de llegar aunque ellos no hagan nada.

—¿Y para cuándo está previsto el próximo *pachakuti*?

—¡Huy, quién sabe! —Padre sonrió misterioso—. Puede ser cualquier día de estos.

Aquella noche, mientras me adormilaba, en ese punto en que los pensamientos se desmandan y empiezan a hacer de las suyas, vi al pobre Atahualpa de los ungüentos, todo adornado con plumas y joyas, conduciendo un Toyota todoterreno. Vi al viejo del sombrero vendiendo ungüentos milagrosos en una esquina. Vi a un gringo rubio lustrando los zapatos de Casilda. Nos vi a mi padre y a mí tendiendo nuestros sombreros harapientos a una cholita con abrigo de piel y gimiendo: «Regalame, regalame para un pancito...». Entonces sentí que perdía pie y caía por un túnel. ¡Llegaba el *pachakuti*! Me espabilé con un escalofrío. No era el *pachakuti*, sino uno de esos sustos que nos damos a veces cuando vamos a caer en el sueño.

Durante el desayuno le conté a Padre mi versión del *pachakuti*.

—No creo que sea ése el tipo de *pachakuti* que esperan los indios —dijo—. Supongo que ellos esperan una vuelta al tiempo de sus antepasados, cuando vivían tranquilos, honraban a sus dioses, trabajaban en común la tierra, tenían alimento y ropa para todos, y no conocían la contaminación, ni el ansia de dinero, ni la prisa...

Padre se quedó callado blandiendo la cuchara de la mermelada, y frunció las cejas.

—¡Qué cosas digo! No se puede ir hacia atrás en la historia. Seguro que si los lustrabotas pudieran, irían a aprender inglés e informática, y las cholitas se harían la permanente, y sus maridos beberían güisqui y venderían seguros, y los campesinos alquilarían vídeos y... —¡plaf!, un goterón de mermelada cayó de la cuchara al pantalón de Padre e interrumpió su discurso.

—¡Mierda! —gruñó entre dientes.

Y fue a limpiarse al cuarto de baño dando grandes zancadas. No sé si estaba más enfadado por la mancha de mermelada o porque no le gustaba nada pensar que los indios quizá desearan hacer ese tipo de cosas cuando llegase su *pachakuti*.

11

En EL ascensor de nuestra casa no se subía o se bajaba así, simplemente. No. Se viajaba. El edificio era tan alto y el ascensor tan lento, que tomarlo suponía un largo viaje.

En nuestro ascensor no se entraba de cualquier manera, ni mucho menos. Primero entraban las «señoras», luego los «caballeros» y sólo al final las «empleadas», las cholitas que trabajaban en las casas, cargando con paquetes, niños o perros de raza.

En el ascensor las empleadas clavaban la mirada en el suelo, y creo que algunas de ellas no respiraban en todo el viaje.

Los demás viajeros, si no se conocían, jugaban a espiarse por el rabillo del ojo. Creo que la gracia del juego era mirar al otro sin ser visto, porque en cuanto se cruzaban sus miradas desviaban la vista y disimulaban ajustándose el nudo de la corbata o quitándose una pelusilla de la falda.

Cuando los viajeros se conocían un poquito, hablaban del tiempo, que siempre ha sido el tema más socorrido para tratar en los ascensores.

—Menuda tormenta la de hoy, ¿eh?

—¡Uf! Tremenda.

Lo malo es que en aquellos viajes tan largos había demasiado tiempo para hablar del tiempo, y había que estrujar el tema hasta el final para que no hubiera silencios incómodos.

—Antes no había tormentas tan fuertes en octubre.

—Sí. Dicen que está cambiando el tiempo.

—Será por la capa de ozono.

Y patatín y patatán.

Aquella mañana me tocó como compañera de viaje la señora del piso doce, más conocida por Padre y por mí como la Cacatúa del Doce. La Cacatúa era muy buena hablando del tiempo. Y de cualquier otra cosa. Nunca había silencios incómodos cuando ella viajaba en el ascensor. Iba subida en unos tacones muy altos y llevaba los labios pintados de un rojo tan fuerte que casi hacía daño mirarla a la cara. Le gustaba hacerme interrogatorios: que si mi papá era aquel señor español tan alto, que dónde estaba mi mamá... y cosas así. Y yo era una chica demasiado educada para mandarla a paseo.

Por suerte aquella mañana había otra vecina esperando el ascensor, de modo que la Cacatúa no se ocupó mucho de mí. También había una empleada que volvía de pasear a un pequinés muy maleducado, que se lanzó dentro del ascensor arrastrando detrás a la cholita, sin esperar a que pasaran las señoras.

Entre el bajo y el octavo las dos señoras hablaron de «hay que ver lo que ha llovido».

En el octavo bajó el pequinés tirando de la cholita. En cuanto se cerró la puerta tras ellos, la Cacatúa empezó a hacer aspavientos:

—¡Has visto qué grosera! ¡La primera ha entrado! Ni respeta a las señoras.

—Es la empleada de la Doris —explicó la otra señora—. Le voy a hablar para que le llame la atención. ¿Y has notado cómo olía?

—¡Puf! —la Cacatúa se dio aire con la mano en las narices—. Las cholas son sucias por naturaleza. Son como animalitos. Hay que enseñarlas. Yo a mi empleada le he hecho cortar las trenzas y le he puesto vestido. ¡Ya estaba harta de esas polleras inmundas!

—Mejor sucias que ladronas, hija. Yo tuve una con unos dedos...

—Ah, bueno... Todas roban lo que pueden, eso ya se sabe...

Se abrió la puerta en el piso doce.

—Bueno, Gladys, que sigas bien, da recuerdos a tu esposo.

—Lo mismo. Chao, Fufita.

—Adiós, niña —esto iba para mí—. Me lo vas a saludar a tu papá.

«Que te lo has creído, cacatúa chismosa. ¿Y tú te dices señora? En vez de cortar trenzas a la gente, te podrías cortar esa lengua de víbora. Bruja, más que bruja...»

Todo esto dije... para mis adentros. Cuando Casilda me abrió la puerta de casa, aún me rondaban la cabeza los insultos de las dos señoras: animalitos, sucias, ladronas... De pronto me quedé mirando a Casilda y me entró el sofocón. ¿Quién había dicho que Casilda olía mal? ¿Quién la había bautizado como el Ratoncito? ¿Quién había sospechado qué cuando perdió sus pendientes de plata?

—*Bns* días, *siita* —murmuró Casilda mirando al suelo.

—*Bns* días, Casilda —murmuré yo aún más bajito y con la cabeza aún más inclinada.

Y huí corriendo a mi cuarto.

12

NO, señor. Yo no era como la Cacatúa del Doce. Y además, ¡qué porras!, estaba harta de pasar las mañanas sin hablar con nadie. Tenía que empezar cuanto antes mi campaña de conquista de la cocina. Avancé pasillo adelante con paso marcial, empujé la puerta de la cocina y di mi grito de guerra:

—Esto..., Casilda... —murmuré.

Casilda, que estaba picando una cebolla con los ojos enrojecidos, dio su clásico respingo al verme. ¡Ja! Había pillado por sorpresa al enemigo, y eso era como ganar media batalla.

—Casilda... Quería decirte que...

¿Qué? ¿Que estaba avergonzada? ¿Y cómo explicarle de qué estaba avergonzada?

—Esto... que... ¿Qué te parece si hoy, en vez de sopa, hiciéramos una tortilla de patatas?

—Como tú digas, señorita —musitó Casilda.

—¿Tú la sabes hacer?

Casilda bajó la cabeza, como si no saber hacer tortilla fuese pecado.

—Ay... No sé, no, señorita.

—¿Quieres que yo te enseñe?

—Quiero, sí, señorita —Casilda me miró con ojos risueños, y entonces me di cuenta de que era la primera vez que me miraba a la cara al hablarme.

Lo complicado es enseñar a alguien a hacer una tortilla de patatas cuando una misma no la ha hecho jamás. Claro que de eso Casilda no tenía que darse cuenta. ¡Mi orgullo estaba en juego! Poco después mi orgullo se quedó pegado al fondo de la sartén junto con el huevo y las patatas. ¡Parecía tan fácil cuando veía hacerlo a tía Leonor!

Miré de reojo a Casilda esperando una sonrisita burlona. Pero qué va. Los ojos le seguían riendo, pero de alegría. Parecía encantada de que cocináramos juntas. Todo le interesaba, todo le hacía gracia.

—¡Si son papas! —rió aliviada, al darse cuenta de que esas misteriosas patatas de que yo hablaba no eran más que simples papas, como las llaman en Bolivia.

—¡*Ahorasito*! ¿Cómo *haiga* salido...? —susurró conteniendo la respiración mientras yo daba la vuelta a la tortilla.

Por suerte, la segunda cara de la tortilla salió con un aspecto casi decente. Hasta Padre supo reconocerla cuando llegó a la mesa.

—¡Tortilla! —exclamó.

—La hizo la señorita —aclaró Casilda.

Y «la señorita» puso cara de «no ha sido nada», como si hiciera tortilla de patata un día sí y otro también.

La campaña Conquista de la Cocina fue coser y cantar. Un día fue la tortilla. Otro día fui a hacerme un té, aunque no me gusta el té. Un tercero quise aprender a hacer *sajta* [1] de pollo. Casilda y yo acabamos por tener interesantes diálogos de besugos todas las mañanas en la cocina.

Al principio me costaba entenderla. Hablaba muy bajito y colocaba las palabras en las frases en un orden muy raro para mí, el que se utiliza en aimara.

Por fin la señorita gringa se cansó de pasársela encerrada en su cuarto y empezó a venir todas las mañanas a la cocina haciéndose la que había perdido algo. A lo primero no la entendía bien cuando hablaba y me daba miedo porque casi gritaba, como si estaría enojada. Pero luego no era que estaba enojada, sino que ellos los gringos hablan así nomás. Además, algunas palabras las pronunciaba como si tenía la boca llena, que daba risa de oírla.

---

[1] Es un plato típico boliviano, que pica que da gusto.

Los bolivianos pronuncian la zeta como ese. Cuando yo decía algo con zeta, Casilda se tapaba la mano con la boca y se reía flojito. Hasta que un día se atrevió a preguntar:

—¿Por qué los españoles saben decir, por ejemplo, sábana y no saben decir *sapato*?

Pasé un buen rato intentando explicarle que teníamos toda la razón del mundo al decir zapato y no *sapato*.

—¿Entiendes ahora?

—Sí —afirmó, con cara de decir no.

Pero es que Casilda nunca decía «no», ni me llevaba la contraria en nada. Cuando no quería hacer algo que le pedía, decía simplemente:

—Ahorita.

Y ese «ahorita» no llegaba jamás.

Yo me enfadaba.

—¿Por qué dice que sí cuando es que no? Y si no piensa hacer una cosa, ¿por qué no me lo dice en vez de tenerme esperando con el dichoso «ahorita»?

Padre se reía.

—Eso es lo que se llama «resistencia pasiva». Los indios han sido sometidos durante años —¡zas!, ya le había sacado al asunto su enfoque indigenista—. A los que se rebelaban abiertamente, los aniquilaban. De modo que optaron por la resistencia pasiva. Parecían ser dóciles y obedientes en todo y llevaban por dentro el rencor y la rebeldía. Los indios de hoy en día siguen oprimidos y todavía utilizan esa táctica. Dicen sí a todo y luego hacen lo que mejor les parece. Ponen buena cara al poderoso, aunque en realidad lo odien.

Estas palabras de Padre me dejaron bastante perpleja. Yo era blanca. ¿Era yo El Poderoso? Cuando Casilda me sonreía..., ¿me estaba odiando por dentro? El viejecito aimara que nos traía el periódico, tan amable él, ¿tendría ganas de escupirnos a la cara? ¡Menuda semanita me pasé, tratando de leer la verdad detrás de la cara de cada indígena! Me quedaba embobada mirando a una vendedora de fruta. Me olvidaba de bajar del taxi, concentrada en la cara del taxista.

Padre me daba un codazo.

—¿Qué pasa? ¿Es que tienen monos en la cara?

Pero yo no sabía encontrar en sus caras ni monos, ni resentimiento, ni rencor..., ni un tanto así de odio. Eran caras más bien amables, o resignadas, quizá un poco cansadas. Además, vivir pensando que más de la mitad de la población del país sentía rencor hacia una no tenía mucha gracia, de modo que arrinconé en mi cerebro la teoría de la resistencia pasiva. Tengo un sitio especial en mi cabeza para cosas molestas como ésa. Lo llamo «mi trastero».

13

CADA lunes, Casilda entraba en casa encogidita bajo el peso de su aguayo. Envuelta en aquella tela de colores venía nuestra comida para toda la semana. ¡Mecachis lo que pesaba el condenado aguayo! Una vez probé a cargarlo y me pareció que me habían puesto sobre la espalda la bola del mundo.

Casilda descargaba el aguayo en la cocina y lo extendía en el suelo.

—A ver si está bien lo que he traído, mamita... Una libra de choclo, dos paltas, una cuarta de maní, una libra de yuca, zapallo y chuño para sopita...

A mí aquellos nombres se me hacían agua en la boca. Hasta los alimentos que ya conocía de antes me parecían distintos y de lo más exóticos cuando Casilda los llamaba con esos nombres nuevos. Y me olvidaba de que el choclo no era otra cosa que maíz; el maní, cacahuete; el zapallo, calabaza, y el chuño, una patata deshidratada, pequeña y negruzca, que recordaba, con perdón, a una cagarruta de cabra.

Por eso, uno de aquellos lunes quise ir al lugar de donde salía tanta maravilla.

—¿Puedo ir contigo al mercado, Casilda?

—¡Vamos pues, señorita! —exclamó Casilda. Y creo que no se habría puesto más contenta si la hubieran invitado al cine.

Yo hasta entonces no me había atrevido a subir sola en ningún transporte público. Todo lo que tenía que ver con el tráfico me parecía demasiado misterioso, lioso y hasta peligroso. Porque a ver: 1) ¿Cómo se suponía que cruzaba una la calle si apenas había semáforos? 2) ¿Dónde estaban las paradas de los autobuses y de esas furgonetas que llamaban *trufis*? 3) ¿Qué gritaban esos chicos que asomaban la cabeza por la ventanilla de los *trufis*? 4) ¿Por qué a veces, cuando íbamos Padre y yo en «nuestro» taxi, de pronto se colaba dentro otro pasajero?, y 5) ¿Por qué todos los coches pitaban sin parar? [1]

---

[1] Soluciones: 1) Como pudiera. 2) ¿Qué paradas? Uno sube y baja donde le parece. 3) Gritan los nombres de los sitios por donde pasa el *trufi*. Por ejemplo: Orahecalacotosami-guecotacotachasipampaaaa quiere decir que el trufi va por Obrajes, Calacoto, San Miguel, Cota Cota y Chasquipampa. 4) Cualquier taxi te lleva aunque esté ya ocupado si tu destino le pilla más o menos de camino. 5) ¡A saber!

Cuando salí con Casilda a la calle me di cuenta de que era maga. Para ella resultaba muy fácil poner orden en todo aquel jaleo. Tenía poder sobre los coches, que frenaron sin protestar a un milímetro de su pollera rosa cuando cruzó la calle sin mirar. Hizo parar un *trufi* frente a nosotras con sólo un movimiento de los dedos. Después de un rato largo de viaje pronunció las palabras mágicas «esquina bajo». La furgoneta dio un frenazo para que Casilda y yo bajáramos, y los sombreros de todas las cholitas pasajeras volaron por los aires.

Estábamos en la zona del mercado: calles y calles llenas de cholas sentadas en el suelo ante sus puestos, y yo que no tenía bastantes ojos para mirarlo todo. Limones bien ordenaditos en pirámides que parecían a punto de desmoronarse. Especias y condimentos de todos los colores en grandes sacos donde daban ganas de hundir el puño. Pezuñas y tripas de cordero expuestas al sol. Esos pescaditos de plata que llaman *ispis*. Sandías abiertas riéndose al sol. Piñas. Mangos. Hojas de coca. Enormes zapallos. Y sobre todo, papas. ¡Qué cantidad de papas! Había una calle entera donde no se vendían nada más que papas. Bueno, eso de «nada más que papas» era una simplificación de gringa ignorante, como cuando uno dice que todos los chinos son iguales. No todos los chinos son iguales, y las distintas clases de papas —más de doscientas— son aún más distintas entre sí que los chinos, como enseguida me iba a mostrar Casilda.

—La papa chiquita y negra ya la conoces. Es el *chuño* —me explicó—. Esa como un guijarro blanco y chico es la *tunta*. ¡Mira, señorita! Tienen papa *pureja*. Hemos de llevar. Muy buena para cocida sabe ser. Rica y harinosita. ¿Ésa? Esa es *imilla*. Y a la de al lado en aimara le decimos «pie de gato», por la forma que tiene, ¿no ve?... ¡No! Eso no es papa. Es camote. Medio dulce sabe ser...

Casilda siguió presentándome a sus amigas las papas con nombre y apellido. Me tenía boquiabierta con su «cultura patatera». También me admiraba su forma de desenvolverse entre los puestos, como una experta ama de casa.

—¿A cómo es tu yuca, doñita? —preguntaba a una vendedora.

—¡No pues! A cincuenta centavitos puedo conseguir en la Buenos Aires.

—Esta yuca más sanita había sido. Y este trozo más te he de dar de *yapa* [2].

—Va pues.

La yuca pasaba a engordar el aguayo de Ca-

---

[2] Propina..

silda, que caminaba unos pasos y se detenía ante otro puesto con mirada crítica.

—¿A cómo tus *ispis*, señora?

—A dos pesos la libra.

—¿Y cómo? ¿De plata siempre son tus pescaditos?

—Descarada pues, la *ñata* [3] —la vendedora reía y rebajaba medio peso a Casilda.

Y así el aguayo se iba llenando sin prisa, en un tira y afloja entre Casilda y las vendedoras, entre discusiones en aimara y castellano, bromas y protestas.

Muchas vendedoras parecían árboles viejos y rechonchos. Allí estaban, sentadas en el suelo bajo sus polleras y sus chales, sin mover una pestaña. Esperaban sin impacientarse a que alguien les comprase su mercancía: diez pescaditos, una docena de limones, un puñado de zanahorias. A lo mejor llevaban toda la vida esperando.

De pronto, uno de aquellos árboles se levantó con mucho esfuerzo, como si lo hiciera por primera vez en su vida. Se retiró a una esquina, flexionó un poco las piernas... y un riachuelo corrió calle abajo separándonos a Casilda y a mí en distintas orillas.

—Pero si está... —dije yo—. ¿Está haciendo pis?

_____
[3] Mujer joven.

Casilda asintió, sorprendida de mi sorpresa.

Y, de sorpresa en sorpresa, a continuación noté un tirón en mi mochila y vi cómo una mano pequeñita salía precipitadamente de ella... agarrando mi monedero.

—Pero... ¡Pero!... ¡PERO! —estaba tan indignada que no me salían las palabras.

—¡*Yokalla* [4], ladrón! ¡*Volvé* acá! —chillaba Casilda.

Pero ya mi monedero, la mano y el dueño de la mano, un mocoso de unos ocho años, se escabullían entre los puestos y la gente. Y con ellos se fue mi buen humor de la mañana.

—¿Y cuánto dinero llevabas? —preguntó Padre.

—No sé... Poco... Como veinte pesos.

—Entonces, no ha sido muy grave.

—¿Cómo que no? Llevaba mi billete de autobús de la suerte, y una pluma de Isidoro [5], y un duro aplastado por el tren, y una foto de mamá, y de Bea, y de... —me interrumpí, poniéndome colorada: antes morir que confesar que llevaba también una foto de Quien-tú-ya-sabes.

---

[4] Chico en aimara.
[5] Isidoro era mi canario, que en paz descanse.

—Vaya —Tijeras se echó a reír—. Has perdido en un momento todas tus reliquias.

Me puse furiosa. Tijeras no entendía nada. Tenía menos sensibilidad que un calamar.

—¡No le veo la gracia! Me roban y te ríes. Igual podían haberme dado un navajazo... Cualquier cosa se puede esperar de este país tan... tan... ¡subdesarrollado!

—¡Che, che, che! Un momento, Marucha. No te pongas así. Y sobre todo no exageres. En Madrid también hay rateros en todas las esquinas. Lo que pasa es que en Madrid no eres una gringa y aquí sí. Los rateros de todo el mundo saben que siempre es mejor robar a los gringos: van despistados y suelen llevar dólares.

—¡Pero era un niño! ¡Un renacuajo!

—Seguramente un niño que vive en la calle. Aquí los hay a montones. Sus familias los abandonan porque no pueden mantenerlos, o son ellos los que huyen de casa. Son chicos que no tienen con qué ganarse la vida.

—¡Ja! Entonces te parece estupendo que me haya robado. Debería haberle pedido perdón por llevar sólo veinte pesos, ¿no?

—No. No es eso, María. No es que yo lo justifique, pero es todo tan complicado... Por ejemplo, intenta ponerte en el pellejo de ese niño... ¿Robarías para comer?

—¡No! —gruñí sin pensar—. ¿O· sí...? ¡Bah! ¡Yo qué sé!

Aquella noche escribí a Bea:

> *En este país una está siempre hecha un lío. En España, ves un pobre, pasas de largo y te olvidas de él. Aquí ves un pobre, pasas de largo, y hay otro, y otro, y otro... ¿Así cómo te vas a olvidar? Y te dan pena y a la vez un poco de rabia, porque son molestos y pegajosos y porque es desagradable verlos allí todo el tiempo como echándote en cara que tú tengas dinero y ellos no.*
>
> *Y luego están los que no tienen nada y en vez de pedirlo lo roban. Y ni siquiera sabes si hacen bien o mal, aunque te dan más rabia aún que los pobres de pedir porque eso de que te roben te hace sentir un poco estúpida, y digo yo que para qué porras quiere mi ladrón la foto de Quien-tú-ya-sabes.*
>
> *Luego, resulta que los humildes no son humildes ni los que te sonríen por fuera lo hacen también por dentro, y todos están esperando a que la Tierra dé un vuelco y la gente como nosotros quede debajo.*
>
> *En fin... Ni siquiera Tijeras, que parecía saberlo todo, tiene respuesta para estas cosas, y cuando le pregunto empieza a marear*

la perdiz y no se aclara. Dice que no hay que «perpetuar la mendicidad» dando limosna, sino que hay que cambiar el sistema, pero nunca explica cómo se come eso de «cambiar el sistema», y empiezo a sospechar que ni él mismo lo sabe. Y además ayer le vi dando una moneda a un pobre.

Total, que «mi trastero» del cerebro se va llenando de asuntos como éstos. Ya pronto no voy a tener donde meterlos y va a ser un problemón, como lo de los residuos nucleares que comenta siempre Padre.

14

UN favorcito quería pedirte, mamita...

Casilda bajó la cabeza y se retorció las manos.

—... que le hables a tu papá a ver si puede adelantarme de mi paga... La semana que viene es día de los muertos y en casa de mi tía no nos alcanza la plata...

Todavía había veces en que sentía que Casilda y yo hablábamos idiomas diferentes.

—¿Que no os alcanza para qué? ¿Qué tiene que ver el día de los muertos?

—Mi primo el menorcito hace año y medio que murió. El día miércoles es Todos Santos. Hay que ponerle altar y hacerle rezar, pues.

Ni jota.

—En Todos Santos los *ajayus* vuelven a sus casas... —explicó Casilda.

—Los ¿qué?

—Los *ajayus*, las almas de los muertos. Ellos saben volver a sus casas cada año el día 1 de noviembre a mediodía, y se van un día después. Eso hasta que llevan tres años muertos.

Luego ya no vuelven más. Pero esos tres primeros años la familia los debe recibir muy bien, y darles de comer y de beber cosas que les gusten y hacer que los *resiris* recen por ellos... Y bueno, por eso es lo de la plata, pues...

A Padre, aquello de que el fantasma del primo muerto de Casilda fuera a casa un par de días a festejar con su familia le pareció estupendo. Esa misma tarde se compró un libro que se llamaba *Todos Santos en Bolivia*, y a Casilda le dio el dinero que pedía y un poco más, no fuera a quedarse el pobre fantasma con hambre.

Casilda guardó muy contenta los billetes en algún misterioso lugar entre su ropa mientras hacía planes en voz alta para la fiesta:

—¡De todo hemos de hacer! He de comprar harina para hacer maicillos y rosquetas. Y muñecas de pan, *tantawawas* que les dicen. También haremos arroz con leche. A Omar le sabía gustar mucho el arroz con leche... Y tú, señorita, lo probarás todo. ¡En Todos Santos has de venir a la casa!

Dejamos la parte de La Paz que conocía, la del asfalto y los edificios altos. El *trufi* empezó a trepar resoplando por calles adoquinadas con casas pobres. Continuó, resoplando más aún, por calles de tierra aún más empinadas con casas aún más pobres. Y se paró al final de una cuesta, con un resoplido definitivo, quizá porque ya no podía más, o quizá porque de ahí en adelante no había nada que se pareciera a una calle.

Casilda y yo seguimos a pie. Cruzamos un basurero donde se paseaban varios cerdos. Cruzamos un grupo de niños que jugaban al fútbol con una pelota de trapo. Cruzamos un charco marrón donde unas cuantas cholitas lavaban ropa. Cruzamos entre varias casuchas de ladrillo y adobe, cada una rodeada por un patio desde el que nos ladraba un chucho sarnoso. Y por fin llegamos a la casa de los tíos de Casilda, donde ladraba Winston, el chucho sarnoso de la familia.

Era una construcción pequeña, hecha con ladrillo y adobe, con la fachada un poco inclinada —«Mi tío andaba medio tomado[1] cuando construyó este muro», explicó Casilda—. Las ventanas, con más bien pocos cristales, encajaban de mala manera en las paredes. El techo era de planchas de metal afianzadas con piedras.

---

[1] En Bolivia el alcohol no se bebe, se «toma». Estar «tomado» es estar borracho.

—La casa es humilde, pues —Casilda parecía avergonzada—. ¡Pero mira qué vista, señorita!

Me di la vuelta y allí abajo, a nuestros pies, estaba la ciudad de La Paz, pequeña como un juguete.

—*Allasito* está tu casa —Casilda señaló un edificio que brillaba a la luz del sol.

Sólo entonces me di cuenta de que estábamos en una de las laderas que se veían desde nuestro piso. Así que la casa de Casilda era una de las luces de nuestro belén. Si es que tenía luz...

—Luz tenemos, sí señorita —dijo Casilda con orgullo.

—¿Y cuántos vivís aquí?

Así, a ojo de buen cubero, yo diría que la casa cabía en nuestro salón.

—Mis tíos, mis cuatro primos, mi abuelo y yo.

Mientras hacía cálculos sobre cómo podían vivir ocho personas en nuestro salón, Casilda me invitó a pasar. Y el problema de los ocho empezó a parecerme moco de pavo, viendo que dentro de la casa había al menos quince personas, entre parientes y amigos de la familia. Y eso sin contar al muerto, que sé que no estaba entre ellos porque me estrecharon la mano y todos la tenían de carne y hueso. Después de eso ya me quedé más tranquila.

Allá por el último apretón de manos apareció en la puerta un viejo bastante cochambroso.

—¿Le rezaré? —preguntó.

Y una que no es tonta se dio cuenta de que era uno de los *resiris* de que hablaba Casilda, que se ofrecía a rezar por el alma del difunto.

—*Tata*[2], pase pues, récemelo —repuso la tía de Casilda.

El *resiri* se acercó a una especie de altar hecho sobre cajas de fruta, adornado con velas, flores, papeles de colores y una tarjeta postal de un paisaje nevado que reconocí enseguida: me la había enviado Bea cuando estuvo esquiando en los Alpes. En el centro del altar había un pan con forma de cruz, y alrededor otros que imitaban animales, muñecas, escaleras, y no sé cuántas cosas más. También había platos de arroz con leche y de un guiso amarillento, y un botellón de coca-cola. Ése era el festín que habían preparado para el alma del niño muerto.

—¿Por quién he de rezar? —preguntó el *resiri*.

—Por el alma bendita del niño Omar Mamani, *tatitu* —respondió la tía de Casilda.

---

[2] *Tata* quiere decir «señor». Los aimaras llaman así a los ancianos y a los hombres por los que sienten respeto.

El viejo soltó entre dientes un batiburrillo en castellano, aimara y latín del que sólo entendí el «amén» del final. Seguro que «arriba» hizo falta la ayuda de toda la corte celestial para interpretar aquella oración.

Creo que a la tía de Casilda le gustó de todos modos, porque después del amén convidó al *resiri* a un plato de comida del altar.

Al rato llegó otro *resiri*, rezó y comió. Luego llegó otro, rezó y comió... Y así hasta que entre los *resiris* y los invitados a la fiesta acabaron con la comida del altar. Entonces todo el mundo abandonó la casa a la vez.

—¡Vamos! —exclamó Casilda viéndome parada como un pasmarote.

—¿Adónde?

—Al cementerio. En un rato se están marchando los *ajayus* y vamos a despedirlos.

¡Caray con el cementerio! Creo que había muchos más vivos sobre su superficie que muertos debajo de ella. Cada familia rodeaba la tumba de «su» muerto, y la adornaba y comía y bebía y rezaba y cantaba, todo a la vez.

Se acercaba el momento: al mediodía del 2 de noviembre, justo a las veinticuatro horas de haber llegado, los *ajayus* se retiraban de nuevo al mundo de los muertos. Y todos parecían tan contentos. Se ve que los muertos se iban satisfechos, bien llenitos de comida y cerveza.

Más contentos aún estaban los vivos, que se habían comido y bebido todo lo que dejaron los muertos. Y ya se sabe que los muertos son de poco comer.

La cerveza corría de mano en mano que daba gusto. Y cada vez que alguien llenaba un vaso o abría una botella, dejaba caer el primer chorro de alcohol sobre la tierra.

—¡Para la *Pachamama*!

—¿Quién es la *Pachamama*? —pregunté a Casilda—. ¿Otra pariente muerta de la familia?

Se escuchó un coro de risas.

—Pues de repente[3] tienes razón y todo, gringuita —respondió el abuelo—. La *Pachamama* es pariente nuestra, tuya y de todos. La *Pachamama* es nuestra madre la Tierra. Ella nos da alimento mientras vivimos y nos acoge cuando morimos. Y nosotros, sus hijos, debemos tenerla contenta y darle de beber. ¡Bebe, *Pachamama*!

El abuelo roció la Tierra, es decir, la *Pachamama*, con cerveza y luego me pasó la botella.

—Y bebe tú también, niñita.

Yo no tenía costumbre de beber, y eso de hacerlo en un cementerio me sonaba a pecado. Pero allí no valía decir que no.

—Ey, ¡salud, *palomitay*! —en cuanto perdía de vista una botella, aparecía otra.

---

[3] A lo mejor.

—Linda la gringuita.

—Rubia como la cerveza.

Yo bebía un sorbito y reía, sin saber muy bien por qué. Todo me hacía gracia. Estaba a gusto. Empezaba a pensar que eso de festejar así a los muertos tenía más sentido que llorarlos. Sentía la cabeza algodonosa, y las caras de los tíos, primos y abuelos de Casilda me desfilaban muy deprisa por delante.

«¡No te estarás emborrachando!», me reñía mi parte sensata.

Pero mi otra parte no tenía tiempo de contestar.

—Salud. Bebe, gringuita —algún familiar de Casilda me pasaba una nueva botella.

No lo recuerdo muy bien, y luego me dio vergüenza preguntárselo a Casilda, pero yo diría que acabé cantando algún pedacito del *Porompompero*. Ahora me arde la cara sólo con recordarlo, pero entonces me pareció natural y divertido. Y supongo que a los demás también les parecía natural y divertido beberse y comerse en un día el sueldo de un mes mientras se tambaleaban entre las tumbas.

El abuelo de Casilda, que parecía tan respetable hacía un rato, ahora chillaba al *ajayu* del pobre Omar:

—¡Ah, bandido! Bien flojo [4] siempre supiste

---

[4] Vago.

ser, que hasta te moriste para no tener que trabajar. Ahora que te la pasas siempre ahí tumbado, por lo menos *acordate* de rezar por tu abuelo, y por tu familia que se ha gastado más plata de la que tiene por darte gusto...

—¡*Omarcitu*! *Guardale* un sitio ahí arriba al abuelo, que cualquier día sube a verte —decía una chola de cara arrugada. Y los ojos le desaparecían entre las arrugas de la risa—. O mejor *lanzale* cuerda para que suba, antes de que el *anchanchu*[5] le mande al infierno de un coletazo, por maleante.

—A ti te ha de mandar, india, que eres una india —gruñó el abuelo, que era más indio todavía.

Y, a continuación, empezaron a lanzarse insultos en aimara.

Mientras, el tío de Casilda, tan callado de sobrio, gritaba y fanfarroneaba dando patadas a las botellas vacías:

—¡Le he de matar algún día a ese *q'ara*[6] de mi patrón! Tendré mi propio *trufi* y pasaré con él sobre su panza...

Un hombre molestaba a una mujer con gro-

---

[5] Es una especie de diablo. Se te puede aparecer en muchas formas (gato, perro, serpiente voladora, cobrador de la luz...) y siempre con malas intenciones.

[6] *Q'ara* quiere decir «pelado». Así nos llaman los aimaras a los blancos en señal de desprecio.

serías que sólo entendí a medias. Otra mujer reía a carcajadas de algo que sólo ella sabía. A muchos la cerveza les había dado la vuelta como a un calcetín. Y los demás observaban, tranquilos y divertidos, sin que nadie intentara parar sus patochadas o hacer que dejaran de beber. Sentí vergüenza por ellos y dejé de pasarlo bien.

—Salud, bebe pues, niñita...

—No. Ya no más... Casilda... Casilda, por favor, acompáñame a coger un *trufi*. Quiero volver a casa.

Cuando Casilda y yo salimos del cementerio, la cumbre del Illimani estaba tapada por las nubes. Me alegré de que no pudiera verme. Las dos caminábamos en silencio, y todo el tiempo se me venía a la cabeza mi imagen ridícula cantando el *Porompompero*. Quise espantarla hablando de algo.

—Tu primo... ¿De qué murió?

—¿El Omarcito? No sé qué dijeron los doctores que tenía en su barriga... ¿Qué cosita sería? Le operaremos, pues, ellos siempre diciendo. Pero mi tía no quería.

—¿Por qué?

—*Dizque* a su comadre la operaron y aprovecharon para sacarle todito lo que tenía dentro y rellenarla de algodón.

—¡Casilda! ¿Y tú crees esa tontería?

—Así dice siempre mi tía. Yo no sé cómo *haiga* sido... —Casilda miró al suelo con expresión sumisa—. Pero si tú dices que es tontería... Será, pues, tontería.

Estaba segura de que Casilda seguía creyendo a pies juntillas aquella historia. Pero no se atrevía a admitir que creía en algo que yo no creía. Prefería seguirme la corriente y que la dejara en paz con sus propias ideas. A mí, en cambio, me hubiera gustado que me llevara la contraria, que discutiéramos, incluso que me acabara convenciendo de que la comadre de su tía estaba, en efecto, toda llenita de algodón.

—Mi tía lo llevó a un curandero —continuó Casilda—, pero igual la *wawa*[7] se fue yendo de a poquito... —los ojos de Casilda se ensombrecieron un momento, pero enseguida volvieron a sonreír—. Espero que le *haiga* gustado el arroz con leche. Bien glotón sabía ser el Omar.

Padre me abrió la puerta:
—¿Cómo te ha ido?

No me quedé a contestar. Me lancé como el Correcaminos al cuarto de baño y sólo salí de allí cuando me pareció que no me quedaba

_____
[7] Niño pequeño.

rastro de cerveza ni por dentro ni por fuera. La idea de que Padre me viera *bolinga* me daba tanta vergüenza como pensar en el *Porompompero*.

Me senté en el sofá junto a Tijeras, muy derechita. Perfecto: estaba empezando el belén. Me gustaba mucho compartir ese rato con él. Señalé la ladera.

—Ahí enfrente vive Casilda.

Padre asintió distraídamente y se puso a leer *Todos Santos en Bolivia*. Me sentí como si me hubieran dado con una puerta en las narices. ¿Para qué tanta ducha y tanto refrotar de dientes? Tendría que haber llegado a casa borracha como una cuba para que Tijeras se diera cuenta de algo y dejara sus libros por un rato. La verdad, ahora casi sentía no haberlo hecho.

—¿Sabes? Ahí arriba he bebido mucho.

Mi voz agresiva me sobresaltó a mí misma. Había hablado sin pensar. A lo mejor era todavía la cerveza, que ponía las palabras en mi lengua antes que en mi cabeza.

Padre cerró de golpe su libro sin acordarse de marcar la página. Ya era algo.

—Esas fiestas... —Padre parecía apabullado—. Debí haberlo supuesto. Tenía que haberte acompañado...

—¿Para qué? En tu libro lo dice todo sobre la celebración del día de los muertos.

Nunca había sido tan sarcástica con Padre. Me asusté a mí misma.

—¿Qué te pasa, María? ¿Es que te he hecho algo?

—No. No me has hecho nada. Nada de nada...

Eso era lo peor. Ni siquiera me podía quejar de Padre aunque buscara un motivo. Y eso me enfadaba todavía más contra él. Habría preferido que me gritara o me diera un sopapo.

«Mira que eres mema, María. Ni tú misma te entiendes. Crees que has crecido y sigues siendo una "pipiola". Debe de ser cosa del alcohol. Menuda cosa rara el alcohol. Y ahora ¿qué va a pensar Tijeras? Ah, no. Encima no llores. Si lloras, sí que te va a despreciar. Ni siquiera. Sólo pensará: "La llorera, ésa es la última etapa de la borrachera. Eso es que ya se le está pasando"».

Así que me tragué una lágrima y me fui a dormir antes de que se me escapara otra. Caí en la cama como un saco de papas, no sé de qué variedad.

Harto se rieron todos con la canción esa que cantó la señorita María, que luego siempre que había fiesta la querían invitar. Pero ya nunca más le dije de venir, que me daba de vergüenza, por la casa tan pobre y porque luego, a lo que beben, se vuelven todos medio brutos, sobre todo el tío, y acaban haciendo barbaridad y media. El día ese de Todosantos tomó hartísimo el tío, porque el patrón recién le había puesto en la calle. Así que yo ya sabía que a la noche nos tocaba golpiza a la tía y a mí, que al patrón pegarle no puede y por eso nos da de puñetes a nosotras. Así que no fui a la casa y dormí al sereno. A la señorita quería pedirle que me dejara dormir en su casa, pero tenía vergüenza de explicarle lo de mi tío. Además que parecía enojada por eso de que la tía no hizo operar al Omar y entonces ya no me atreví a decirle nada. Fue esa noche que mi tío le hizo a mi tía un morete en el ojo que los días siguientes iba cambiando de color, y los primos se reían porque dizque la tía se parecía al Winston, el perro, que tiene una mancha negra alrededor del ojo.

Harto frío pasé esa noche, y eso que me supe guardar el final de una botella de ese aguardiente que le dicen singani cuando nadie estaba mirando y me la fui bebiendo a traguitos, que te calienta el estómago y también el corazón y por un rato olvidas las cosas malas y es como si tú no fueras tú. Claro que luego todo sigue lo mismo. Además que cuando has tomado mucho puedes hacer cosas que luego ni te acuerdas y que están medio mal, y los ñatos, de que te ven tomada, se aprovechan.

15

¿CÓMO será?

Ésa era la frase favorita de Casilda.

«Viajar en avión ¿cómo será?». «Afuera de Bolivia ¿cómo será?». «El mar ¿cómo será?». «Usar pantalones ¿cómo será?».

Y cada vez que Casilda pronunciaba el «¿cómo será?», ponía una cara de embeleso tremenda. Casi me daba envidia, porque me parecía que lo que ella imaginaba sobre aquellas cosas tenía que ser mucho mejor que las cosas mismas.

Aquel día, en el juego del «¿cómo será?» le había tocado el turno a España:

—Entonces, ¿cómo está de lejos? ¿Como de aquí a mi pueblo?

—¡Noooo! Mucho más.

—¿Como ir de aquí a mi pueblo cuántas veces?

—Qué sé yo... Cien, doscientas veces...

Los ojos de Casilda se abrían que parecía

que se le iban a caer, mientras intentaba imaginarse esa cantidad de kilómetros uno detrás de otro. Hasta que se rendía y cambiaba de tema.

—*Dizque* hay un tren que camina por debajo de la tierra. ¿Saben tener de ese tren en España?

—Sí, en Madrid, donde yo vivo, lo hay. Se llama metro.

—¡Metro! —Casilda paladeaba la palabra, hechizada—. ¿Y en ese tren se puede venir desde España?

—¡Nooooo! Sólo hace trayectos cortos, dentro de la ciudad.

—¡Aaaah! —Casilda parecía desilusionada, como si de pronto encontrara que la técnica, que momentos antes la había dejado boquiabierta, se le quedaba corta.

—Pero mira, voy a enseñarte un mapa del mundo, para que veas dónde está España, y Bolivia, y todo.

Abrí un atlas por una doble página donde aparecía un mapamundi.

—Esto rosa de aquí es Bolivia —indiqué el país con el dedo.

—¡Tan chiquita! —Casilda parecía decepcionada.

—¡Pues vas a ver España! Mucho más chiquita todavía.

Señalé España y Casilda se echó a reír.

—¡Pues si apenas se ve!

Ofendida en mi orgullo patriótico, decidí cambiar de tema.

—Todo eso que se ve azul es agua —señalé los océanos.

—Será el lago Titicaca, ¿no ve?

—¡Noooo! —ahora me tocó a mí el turno de reír—. Eso son mares y océanos. El lago Titicaca debe de estar por aquí... —recorrí el mapa de Bolivia con el dedo hasta encontrar una manchita azul—. ¡Ese es!

—No puede ser —afirmó tajantemente Casilda. Pero enseguida se echó atrás, avergonzada—. Quiero decir que... yo estuve una vez con mi mamá y era enorme, que no se le veía el fin.

—Bueno, mujer, pero esto está a escala. Si lo comparas con un océano, el Titicaca es sólo un charquito. Si la comparas con el mundo, Bolivia es sólo un trocito de tierra.

—¿Y entonces qué es todo lo demás? —Casilda señaló vagamente el mapa.

—Pues son otros países, y otros continentes...

—¿Donde viven los gringos?

—Bueno, sí, los gringos. Pero los gringos no son todos iguales. Los hay chilenos, suecos, chinos, españoles, argentinos...

—Los argentinos sí conozco porque vinieron el año pasado a jugar un partido de fútbol acá. Bien tramposos eran, que al *arquero* [1] nuestro lo tumbaron de una patada. También conozco a un señor que tiene una tienda en la Tumuzla que *dizque* es de un país... *Uropa* creo que se llama.

—¡Europa! Pero Europa es un continente, no un país. Yo también soy de Europa.

—Pues no sé. Él viene de un país que está todo en ruinas. ¿España está en ruinas? Tarjetas postales me ha mostrado, y todo está por los suelos, que por eso se vendría el pobre y pondría acá tienda. Ahora le va muy bien, que tiene mujer boliviana y todo...

—¡Italia! —exclamé, después de dar varias vueltas en mi cabeza a lo del «país en ruinas»—. Será italiano ese señor. Italia es un país de Europa.

Casilda frunció el entrecejo y no dijo nada.

Yo no me iba a poner a discutir con la señorita, pero si don Aldo decía que era de Uropa, sería de Uropa, no de Talia, o cómo fuese aquello. Que el Titicaca se viese en aquella estampa como una gota de agua tampoco me gustaba nada. Y luego, todo

---

[1] Portero.

lleno de mares por todas partes... ¿Cómo podía ser eso? ¿Es que los países flotaban en el agua como maderos? Y si flotaban, ¿hacia dónde iban? Pero no podía ser que Bolivia flotase. Allí estaba La Paz, bien quietecita bajo mis pies. ¡Que la señorita María tenía unas cosas más raras de vez en cuando...!

Claro que el mundo también era bien raro. Una ya no sabía qué pensar. También en un tiempo, de niña, yo había creído que no había nada en el mundo más que mi pueblo. Luego, un día mi papá me llevó a Achacachi. Achacachi era enorme al lado de mi pueblo. Habían hartas casas, harta gente, hartas movilidades... harto de todo. Entonces supe que no vivía en el centro del mundo. El centro del mundo era Achacachi. Años después vine con mi mamá a La Paz, y fueron horas y horas de camino andando, en bus, en camión. Ni siquiera me había imaginado hasta entonces que el mundo fuera tan grande. Achacachi se quedó chiquito al lado de La Paz, que hasta daba risa. Y ahora resultaba que La Paz tampoco era el centro del mundo. Había otras ciudades más grandes con trenes por debajo del suelo. Me entró así como desasosiego por dentro. Y por aquel día ya no quise saber más cosas nuevas.

16

YO también quería jugar al «¿cómo será?», pero haciendo las preguntas, no dando las respuestas. Me intrigaba Casilda. ¿Dónde había nacido? ¿Dónde estaban sus padres? ¿Cuántos años tenía? ¿Cuántas polleras llevaba? ¿Se hacía esas trenzas larguísimas cada mañana? Pero Casilda, que cada día era más charlatana conmigo, se volvía muy tímida cuando se trataba de hablar de ella misma.

Sólo de vez en cuando, mientras pelaba una patata o machacaba un diente de ajo, dejaba caer algun comentario, con la mirada concentrada en su tarea, como hablando consigo misma:

—Malas han salido estas papas. Así sabían ser en la chacra [1] de mis papás.

O:

—En un día como hoy nació mi hermano el

---

[1] Terreno de cultivo.

menorcito, con tormenta y hartos rayos. El curandero dijo que era un buen augurio, pero igual se murió la criatura.

Yo intentaba continuar la conversación, pero en algún momento Casilda terminaba lo que tenía entre manos, me miraba y callaba, como si se acabara de dar cuenta de que yo estaba allí.

Aquel día, por el momento, la cosa iba bien: Casilda había empezado a hablar por sí sola y, lo que era mejor, había empezado por el principio.

—Yo nací en un pueblo del Altiplano —dijo mientras pelaba una patata—. De muy chiquita me enviaban ya al campo a pastear las ovejas y las llamas. Como de cinco o seis años sería. Salía bien temprano, cuando aún había estrellas en el cielo, con mis habitas secas o mi chuño para almorzar. Y no volvía hasta que se hacía de noche.

—¿Y estabas sola todo el día?

—Casi siempre, sí. Jugaba yo sola, o me cantaba canciones, y metía en mi aguayo una piedra alargada y me lo echaba a la espalda, como si cargara una *wawa*.

—¿*Wawa*?

—*Wawa* es un bebé —aclaró, mientras lavaba la papa pelada al grifo. Y supe que había dado por terminada la conversación.

Le tendí otra papa sin pensar, como quien echa combustible en una máquina que se ha parado. Funcionó. Casilda se concentró en pelarla y siguió hablando donde lo había dejado, sin mirarme. Parecía que fuera leyendo su propia historia bajo la piel de la papa.

—Sí, yo jugaba a que llevaba una *wawa* a la espalda. Pero pronto la cargué de verdad, y eso ya no tuvo tanto chiste. Me hacían llevar a mi hermanito Moisés, ¡y bien pesado que era! Mi mamá no lo podía cuidar porque tenía harta faena: ayudaba a mi papá en el campo, se ocupaba del resto del ganado, lavaba, cocinaba, tejía, cuidaba a los demás hermanos... Más que el papá trabajaba...

Casilda había acabado con otra papa y de nuevo me miraba sin hablar. Inmediatamente le tendí un puñado más. El método volvió a funcionar:

—Pastear el ganado como yo hacía entonces no era pues cansador. A mí me gustaban las ovejas y las llamas, y a todas las conocía por sus nombres y sabía cuándo estaban contentas y cuándo estaban tristes, y ellas también sabían todo de mí porque son como personas humanas y cuando te miran parece que te conversan, que sólo hablar les falta. Sólo era feo cuando llegaba el zorro y quería comer a las ovejas. Me recuerdo de la primera vez que

vino. Todas las ovejas balaban, y el Moisés lloraba, y yo lloraba también, pero parada nomás
como estatua, que no sabía qué hacer, viendo
como el zorro se llevaba al cordero más chiquito, uno que le decíamos *Huyphi Hankko* [2]
¡Uuuuu! ¡Cómo me sonaron al llegar a casa!

—¿Sonaron? ¿Qué es lo que sonó?

—¡Me sonaron a mí! ¡Me pegaron pues!

Casilda suspiró entre dos papas y luego volvió al trabajo.

—Aun ahora hay días que echo en falta el
campo y el ganado y todo, aunque a veces
sabíamos pasar harta hambre, porque se he-
laban las papas, o el zorro se comía las ovejas,
o nos pagaban mal la cosecha..., o ¿qué cosita
sería? En el campo siempre sabía ocurrir alguna calamidad. Y luego cada año llegaba un
hermanito nuevo, y mi mamá renegaba: «¡Ay,
otro más a comer! Yo quisiera que el *Tata* Dios
se lo llevara nomás».

—¿Cómo? —casi grité, escandalizada—. ¿Tu
madre quería que se muriese su bebé?

Casilda enrojeció, como hacía siempre que
decía algo que no parecía gustarme.

—Lavaré, pues, las papas —dijo cambiando
de tema.

—No, no, mejor pelaremos alguna más

---

[2] Que quiere decir Nube Blanca en aimara.

—tendí apresuradamente otras tres papas a Casilda—. Entonces, erais muchos hermanos y no había comida para todos... ¿Y qué pasó?

—Pues que un día mi mamá me dijo: «Casilda, te has de ir a La Paz donde tu tía. La ayudarás en la casa y con tus primos chicos». Y mis hermanos se quedaron en el campo ayudando a mis papás y a mí me trajeron a La Paz. Va a hacer ya tres años.

Sonó la puerta de la calle y, como siempre, poco después asomó la cabeza de Padre en la cocina.

—¿Qué demonios es eso? ¿Es que esperamos al Séptimo de Caballería para comer?

Casilda y yo seguimos la dirección de la mirada de Padre y vimos una pila inmensa de papas peladas.

—Huy... Huyuyuyyyyy... —Casilda se tapó la cara con el delantal y parecía tan paralizada como la primera vez que vio al zorro.

Cuando la señorita María quería saber cosas de mi vida me hacía pelar muchas papas, no sé por qué, como si las papas sirviesen para jalarle a uno de la lengua. A lo mejor es que en España las usan para eso. Yo, por no decepcionarla, pelaba y hablaba, pelaba y hablaba. Y me empezó a gustar contarle de mi vida a la señorita, porque todo parecía que le interesaba y nunca se burlaba. Eso sí, a veces me miraba como a un bicho raro y como que se enfadaba. Por eso habían cosas que no le contaba porque sabía que no le iban a gustar. Por ejemplo, seguro que se enfadaba si le cuento que mi hermano el menorcito al final se murió y que ninguno de nosotros lloró ni nada, que casi un alivio fue.

17

LAS papas no son lo que parecen. Qué va. Las papas son tremendas.

Ahí donde las ves, terrosas, mal hechas, llenas de chichones, ombligos y verrugas, ellas solitas sacaron a flote a generaciones y generaciones de indios del Altiplano. Cuando las demás plantas se negaban a crecer, hartas del calor del día y las heladas de la noche, del suelo pobre y de la poca agua, el campesino hurgaba en su tierra y ahí abajo aparecían las papas, con cara de poquita cosa, diciendo «cómeme». Y los indios se las comían, claro, pero con mucho respeto y agradecimiento. Tanto, que un jefe inca incluso prohibió pelarlas para «no hacerlas llorar».

Los españoles, después de la conquista, las llevaron a Europa. Allí no las conocían. ¡Qué alucinante! ¡Pensar que los pobres europeos tuvieron que esperar casi hasta el siglo XVI para poder llevarse una patata frita a la boca! Es lo malo de nacer antes de tiempo.

Pero las papas no sirven sólo para comer. Sirven para más cosas. Por ejemplo, si te duele un pie te las metes en el bolsillo (remedio de Casilda), y si quieres charla, las pelas.

Desde el día en que las papas hicieron hablar a Casilda, empezó a funcionar entre nosotras la contraseña: un puñado de papas sin pelar sobre la mesa de la cocina significaba que era un día para contar historias. No valía escaparse. Si yo colocaba las papas, Casilda hablaba. Si Casilda colocaba las papas, hablaba yo.

Las papas me hicieron hablar a Casilda de mi vida antes de llegar a Bolivia. Llegó a saber qué cenábamos en casa en Nochebuena, la cara que ponía tía Leonor cuando Padre usaba su camiseta de Michael Jackson, quién era Michael Jackson, lo que recordaba de mi madre, cómo se remetía Tijeras los pantalones bajo los calcetines cuando iba por Madrid en bicicleta, que en la Puerta del Sol había un oso y un madroño, qué era un madroño... y hasta cómo era el bigotillo que le empezaba a crecer a Quien-tú-ya-sabes.

Y yo, a base de papas, fui sabiendo cómo vive una niña campesina aimara, que los pájaros dan noticias con sus trinos al que quiere oírlas, que el granizo se ahuyenta con dinamita, y que no hay nada más horrible para una niña recién llegada del campo que subir en un ascensor.

Sólo mientras pelaba papas se atrevía Casilda a llevarme un poquito la contraria y a llamarme María en lugar de señorita. Pero cuando las papas estaban peladas, todo volvía a la normalidad. Yo volvía a ser la señorita y me sentaba a la mesa. Casilda era la empleada y me servía una montaña de puré de papas. Y Padre miraba el puré y protestaba débilmente:

—¿Más papas?

Sí, la verdad es que en nuestra casa empezaron a comerse demasiadas papas.

18

UN día salí temprano con Padre, antes de que llegara Casilda, y le dejé una nota en la cocina: *Casilda, no venimos a comer*.

Cuando volví por la tarde, encontré la mesa puesta y la sopa fría en el puchero.

—¿No has leído mi nota, Casilda?

—No la vi pues, señorita.

Una noche se estropeó el despertador de Padre y dejé en la cocina un cartel gigantesco para Casilda: CASILDA, DESPIERTA A PADRE EN CUANTO LLEGUES.

Padre durmió de un tirón hasta las nueve y media sin que nadie le molestase.

—¡Casilda! ¿No me dirás que no has visto el cartel? —me enfadé.

Casilda no respondió. Y de pronto tuve una sospecha.

—Casilda, ¿tú sabes leer?

—Y... según —Casilda retorció su delantal con las manos—. Algunas letras sé leer y otras no...

—Pero... ¿nunca has ido a la escuela?

—Y pues... fui un ratito...

Casilda parecía muy avergonzada y poco dispuesta a hablar sobre el tema. Allí estaban haciendo falta unas cuantas papas. Las puse sobre la mesa, me crucé de brazos e insistí:

—Entonces, ¿nunca has ido a la escuela?

Casilda rompió a hablar:

—¿Cómo había de ir, pues? La escuela estaba lejos, dos horas caminando, y yo tenía que ocuparme del ganado. Además mi papá decía: «Es hembrita, ¿para qué la hemos de mandar a estudiar? ¿Acaso su madre necesitó estudiar?».

»Cuando llegué acá donde mi tía, tampoco no tenía tiempo. Mi tía salía a trabajar y yo había de limpiar y preparar almuerzo para las *wawas*. Tenía una vecinita que me enseñaba las letras, pero allá por la hache su familia se mudó. Yo quería leer, pues. Porque allí en el campo es diferente, que nada no está escrito. Pero en la ciudad por todas partes hay letras y números y carteles que dicen cosas que una tiene que saber. Pues ¿y cuando fui a trabajar en mi primera casa? Era en un *dificio* alto como éste, piso diez, ya nunca no me olvido. Entré en el *alcensor* y había un tablero lleno de botones con números escritos y se cerró la puerta y yo no sabía cuál era el diez. Le di a uno cualquiera, y llamé a una puerta, pero no era. Y subí, y bajé, y llamé a todas las puertas, que nunca pensé que pudiera vivir tanta gente en tan poco espacio. Al final, tuve que bajar hasta el portal y volver a subir por las escaleras contando los pisos, porque contar sí que sabía lo menos hasta cien.

»El diez lo aprendí enseguida, porque el matrimonio para el que empecé a trabajar era igualito al número diez: él, delgadito como el palito del uno, y ella, gorda como el cero. Y cada vez que entraba en el *alcensor* y apretaba el botón del diez, me reía yo sola porque era como que apretaba la barriga a la señora. Claro que ése era el único rato que me reía en todo el día, porque aquella señora muy mala gente sabía ser y por todo me reñía y me castigaba sin comer y hasta pescozones me daba. Y todo porque yo era bien ignorante entonces de las cosas de la casa. «¡Pon la mesa, Casilda!», me decía. Y yo iba al salón y veía allí la mesa bien puesta sobre sus cuatro patas. «Ya está puesta, señora Cuchita». «¡Cómo que está puesta, *imilla* [1] tonta! ¿Acaso se ha puesto sola?». Y es que yo no sabía lo que era poner la mesa porque en casa siempre comíamos en cuclillas sujetando los platos, y no sabíamos de manteles, ni de cubiertos ni nada.

---

[1] Niña en aimara.

»También se enfadaba la señora porque yo no sabía cocinar la carne y el pescado. ¿Y cómo había de saber si en casa no comíamos más que papa, arroz y sopitas? Ni las camas al principio sabía hacer, porque no había visto antes sábanas, y el señor se enfadaba porque en la noche se le salían los pies por debajo y *dizque* se acatarraba.

»La señora aquella del cero sólo comida y cama me daba. Y decía que aún debía dar gracias por todo lo que me estaba enseñando. Y yo no sabía bien si me engañaba o a lo mejor tenía razón.

»Casi dos años estuve en la casa y, cuando salí había aprendido harto: sabía hacer todas las cosas de la casa y también sabía leer los números, que ya nunca tuve que sentir vergüenza al subir en un *alcensor*.

La señorita María empezó a enseñarme un rato cada tarde las letras a partir de la hache, y a leer y a escribir algo. Yo me sentía bien zonza, que todo me lo tenía que repetir muchas veces, hasta que se ponía a dar golpecitos con el pie en la silla y yo me volvía más zonza todavía. Claro que ella tampoco era muy buena hablando aimara. De todo lo que le enseñé sólo se quedó con la palabra *achachi*, que quiere decir «viejo» en aimara. Llamaba a su papá *Achachitijeras* y se doblaba de la risa.

19

HABÍA muchos días que sólo hablaba con Casilda, con Padre, y con el abuelo Illimani si no estaba muy nublado. Por eso me gustaba que los amigos de Tijeras fueran a casa. Eran más jóvenes que él. Casi todos los amigos de Tijeras lo son. Dice que eso es porque él es «joven de espíritu». Ellos también bebían que daba gusto, como la familia de Casilda, sólo que tomaban güisqui en lugar de cerveza y no se acordaban de darle su parte a la *Pachamama*. Cuando habían bebido un poquito, discutían en broma, y cuando habían bebido mucho, discutían en serio. Siempre discutían. Padre siempre discute con sus amigos pero después siguen siendo amigos igual.

—¡Pobre *Tata Inti*! —le decía Guido a Padre—. ¿Qué te ha hecho él para que te empeñes en encerrarlo en una bombilla?

—Ya verás —Eliana le seguía la broma—. Un día va a perder la paciencia y va a mandar un rayo para derretirte.

Tata Inti, Señor Sol, es el nombre que daban al sol los pueblos prehispánicos del Altiplano. Lo adoraban como a un dios. También para Padre el Sol era una especie de dios, y la energía solar, el milagro que resolvería casi todos los problemas del mundo, desde la contaminación hasta la pobreza, pasando por la gripe (que nadie me pregunte cómo). Por eso estaba tan orgulloso de su proyecto de «electrificación solar del Altiplano». Y no sabía tomarse a broma una cosa tan «seria».

—La energía solar es baratísima y muy limpia —replicaba—. Gracias a ella, Bolivia ahorrará millones de dólares y podrá salir adelante. ¡Y habrá luz eléctrica en todo el Altiplano!

—¡Ja! ¿Para qué quieren luz eléctrica en el Altiplano? —intervenía uno que se llamaba Wilson... o Walter... o Wilbur... o algo así—. Se comprarán un televisor aunque tengan que morirse de hambre, se llenarán la cabeza de pamplinas y emigrarán todos a las ciudades. ¿Y qué hace un campesino en la ciudad? ¡Morirse de asco! Más valdría ocuparse de la educación. ¡Eso sí que es un problema grave! —conviene decir que Wilson-Walter-Wilbur era profesor—. ¿Adónde va un país de ignorantes analfabetos? ¿De qué nos sirve la energía si no sabemos hacer una o con un canuto?

—¡La educación! —interrumpía Guido—.

¿Cómo va a llegar la educación a los pueblos si no hay comunicaciones? ¡Apenas dos carreteras asfaltadas en todo el país! ¡Qué bochorno! —por supuesto, Guido era ingeniero.

—Lo primero es no morirse —interrumpía a continuación Eliana—. Luego ya podrá uno viajar, aprender a leer o ver la tele. Pero ahora en el campo apenas hay atención médica. Los niños mueren como chinches de simples diarreas. Hay que solucionar eso antes que nada —ni me molesto en decir la profesión de Eliana.

—Sin carreteras, ¿cómo van a llegar los médicos?

—Y sin educación, ¿qué clase de médicos serán?

—Y sin luz, ¿cómo van a ver a los enfermos?

Eran unas discusiones de lo más animadas. Padre daba golpes en la mesa, a Wilson-Walter-Wilbur se le hinchaban las venas, a Eliana se le ponía voz de pito y a Guido le daba un tic en la comisura del labio. Y la única conclusión a la que llegaban era que en Bolivia estaba todo por hacer, y, puestos a hacer algo, lo mejor sería empezar por:

—¡La Energía!

—¡Las Carreteras!

—¡La Educación!

—¡La Salud!

He puesto estas palabras con mayúscula a propósito. En Bolivia había montones de Cosas Con Mayúscula. Encender una lámpara, viajar, leer un libro, ir al médico... En España son cosas con minúscula porque casi todo el mundo las da por supuestas. Pero en Bolivia había que escribirlas con mayúscula porque mucha gente nunca las había podido tener. Cuando una cosa le falta a mucha gente, se convierte en una Cosa Con Mayúscula. Y hay que perseguirla hasta convertirla en una cosa de todos los días. Entonces se le quita la mayúscula y a otra cosa.

¡Miércoles! [1] ¡Si parezco Tijeras...!

---

[1] *¡Miércoles!* es una exclamación que usan los bolivianos, que son muy finos, para no decir una cosa más fea.

20

FORMIDABLE. Padre y yo viajando por el Altiplano. Bueno. Y Eliana, la médica. Que viniera Eliana estropeaba un poco las cosas. Y que ocupara el asiento del copiloto, y que se riera muy fuerte y llamara a Padre «Tijeritas». Pero aun así, era bastante formidable.

El Altiplano es una cosa tan impresionante que no sabría siquiera decir si es bonito o feo. Es una llanura inmensa sin nada, y sobre ella, un cielo azul rabioso. Y nuestro coche todoterreno perdido ahí en medio, dando brincos por un camino de tierra y baches. En las cercanías de La Paz todavía había algo de tráfico, gente, casas, ganado... Pero hacía horas que parecíamos ir por la nada. Sólo de vez en cuando interrumpían nuestro camino unas cuantas llamas, que cruzaban con parsimonia la carretera meneando el trasero. O aparecía detrás de un montículo un niño harapiento tendiéndonos su sombrero. O adelantábamos a un campesino en bicicleta que al oír el claxon del coche se echaba a la cuneta despavorido, como si oyera las trompetas del juicio final. Yo miraba a lo lejos tratando de adivinar de dónde salía aquella gente, pero la línea del horizonte no se cortaba ni con casas, ni con árboles, ni con nada que indicara vida. A lo mejor la gente que encontrábamos, e incluso las llamas, no eran más que fantasmas, *ajayus*, como decía Casilda. Era como esos sueños donde vemos con mucha claridad cosas sin sentido, que nos inquietan sólo porque son absurdas.

—¿De dónde sale esa gente? ¿Dónde están sus casas? —pregunté señalando a una mujer que acababa de surgir de quién-sabe-dónde e iba hacia vaya-usted-a-saber.

—Sus casas estarán por ahí —dijo Eliana indicando vagamente el infinito—. Probablemente, a media jornada o más de aquí. Por eso no las vemos.

—Pero ¿no hay pueblos junto a la carretera?

—Por otros sitios del Altiplano sí, pero por aquí hay pocos. Y muchas familias no viven en pueblos, sino aisladas, a días de distancia de sus vecinos más próximos.

¡Miércoles! ¡Pues no se debía de sentir uno

pequeño ni nada viviendo aislado en medio de aquella barbaridad de llanura...! ¿Y qué sentirían en la noche cuando el viento helado del Altiplano empezara a ulular y a lanzar cuchilladas por las grietas de su choza? Aunque casi peor sería con el viento en calma. Entonces no se oiría absolutamente nada, porque allí no había nada para oír: ni pájaros, ni gente, ni animales —las llamas parecían más bien calladas—, ni campanas, ni siquiera el pitidito de un *trufi* en busca de pasajeros. Quizá tendrían que pellizcarse para comprobar que al menos ellos seguían vivos. Pero no. Enseguida supe que no necesitaban pellizcarse. Con el frío de sus huesos y el agujero de sus estómagos sería bastante para notar que estaban bien vivos. Porque resulta que lo de la comida y la calefacción tampoco andaba muy allá en el Altiplano.

—Comen papas, si no se congela la cosecha —me explicó Eliana—. Habas, algún cereal... Y de vez en cuando, charque, carne de llama en salazón. Como no hay apenas leña para el fuego, lo prenden con bosta de llama.

—Bosta es caca —aclaró Padre desde el volante, y a una chica de ciudad como yo le vino muy bien la explicación.

¡La madre del cordero! Crucé los dedos para que el *pachakuti*, el vuelco de la Tierra, no nos pillara por allí.

En el Altiplano, el tiempo y las distancias parecían estirarse como chicle. Estaba medio amodorrada cuando llegamos a nuestro primer destino: unas cuantas casas torcidas de piedra con tejados de paja. Allí debía instalar Padre uno de sus paneles solares.

La camioneta donde iba el material para la instalación y los técnicos que se ocupaban de hacerla habían llegado un rato antes que nosotros. En el Altiplano los coches no viajan por parejas porque el de detrás se tendría que ir tragando el polvo que levanta el de delante.

Cuando Padre bajó del coche, la gente se arracimó para saludarle. Enseguida supieron que era «el importante» del grupo. A mí en ese momento también me pareció importante, y me sentí orgullosa de que fuera mi padre.

El panel solar se iba a instalar en la posta sanitaria, el único lugar donde uno podía recibir algo parecido a atención médica en muchos kilómetros a la redonda. Aquello de la posta resultó ser una casucha de una sola habitación donde lo único que recordaba a la salud era un cartel en la pared que decía en letras muy grandes: ALTO AL CÓLERA. Y en letras más pequeñas daba consejos como: *No conzuma verduras sin coser*.

El «sanitario» encargado de la posta, una especie de enfermero, estaba inflado de satisfacción —no sé si ése era el motivo de que le faltaran casi todos los botones de la camisa—. Se frotaba las manos a cada ratito mientras veía con Padre dónde convenía colocar las bombillas y los enchufes que funcionarían gracias al panel solar.

—Acá no respetan mi labor, señor ingeniero —repetía—. Siempre andan con sus hierbas y sus curanderos. Pero ahora con la luz *léctrica*... ¡Vaya si me voy a hacer respetar!

Me senté a la puerta de la posta a ver cómo los técnicos trabajaban. Estaban clavando en el suelo un poste muy alto. Cerré un momento los ojos.

—¡María!

Los abrí. El poste estaba ya clavado, y el panel solar, colocado encima. Alguien había adornado la puerta de la posta con guirnaldas de colores. Un montón de gente taponaba la puerta y la ventana, intentando ver lo que pasaba dentro.

—¡María! —volvió a exclamar Eliana—. ¿Cuánto tiempo llevas ahí dormida? ¡Mira cómo tienes la cara! Pimiento morrón pareces. ¡Ven a ver! Ya ha empezado la ceremonia de inauguración.

Eliana y yo nos hicimos un hueco entre la gente que estaba a la puerta de la posta. Vimos que allí dentro estaban todos los que no

106

estaban fuera: los hombres, en un lado, sentados en bancos; las mujeres y los niños, en otro, de pie.

Un señor con la braqueta rota y una gorra de béisbol que decía *Dallas Cowboys* estaba discurseando:

—Estamos sumamente complacidísimos de que *haigan* venido estos señores de la hermana república del reino de España, porque en este pueblo sumamente harto nos está faltando la *lectricidad* y por las noches ni vemos ni nada, que es sumamente muy grande desgracia.

Noté como Eliana rebullía a mi lado.

—Ése es el maestro —me susurró—. ¡Y ése es el sumamente castellano que aprenden los niños en la escuela! —calló unos momentos y luego aclaró en otro susurro—: ¡Él qué culpa tiene, pobre tipo! Es el castellano que le enseñó su maestro, que tampoco sabía nada. La lengua de esta gente es el aimara, pero en la escuela tienen que aprender a leer y escribir en castellano en lugar de en su idioma. ¡Bonito lío se hacen!

—¿Y por qué no aprenden en aimara?

—Van a cambiar el sistema para que sea así, pero por el mom...

Eliana no acabó de hablar porque se había hecho un silencio muy solemne en la sala, y eso quería decir que se acercaba el gran momento. Padre colocó un dedo sobre el interruptor de la luz..., apretó y... ¡bumba!, una explosión infernal me hizo cerrar los ojos.

¡Zas! El bruto de Tijeras había hecho mal la instalación. ¡Vaya papelón! ¿Dónde iba a quedar el honor de la «hermana república del reino de Espańa»?

Pero no. Abrí los ojos. La bombilla colocada en el techo iluminaba, aunque muy flojito, porque aún había demasiado sol afuera. La explosión infernal era el ruido de los petardos que los habitantes del pueblo lanzaban en señal de alegría. Y como no entendían una alegría verdadera sin alcohol y baile, enseguida llegaron un enorme balde de chicha [1] y un grupo de músicos que tocaban quenas [2] y tambores. El maestro de la gorra de *Dallas Cowboys* metía en el balde un recipiente de madera y lo sacaba rebosante de chicha para que todos bebieran por turnos. Bueno, menos Padre, que en vez de beber por turno tenía que beber todo el rato. Para algo era el invitado de honor, el ingeniero, el autor del milagro de la luz. ¡Y a ver quién es el guapo que dice no a un campesino del Altiplano cuando se pone a

---

[1] Bebida alcohólica hecha de maíz que a mí, por lo menos, me sabe a rayos.

[2] Flauta de cinco agujeros típica del Altiplano. Suena muy bonito.

ofrecer chicha! Padre bebía muy obediente. De vez en cuando una campesina robusta le agarraba del brazo y... ¡zúmbala!, le hacía girar con ella en un baile vertiginoso. Todavía me acuerdo de su pollera azul toda inflada, y de los ojos vidriosillos de Padre, que me miraban un segundo en cada vuelta. Esta vez juro que sólo bebí un refresco de color amarillo fosforescente.

Llegó un momento en que la música, de tan machacona, me hacía daño en los oídos. Pero los campesinos seguían bebiendo y dando vueltas sin parar. Parecían agotados, ya no sonreían. De vez en cuando uno daba un traspié y se caía al suelo. Pero enseguida se alzaba y seguía girando. Era como si estuviesen hechizados y no pudieran dejar de bailar aunque quisieran.

—¿Tú crees que lo pasan bien? —pregunté a Eliana.

—Supongo... Ésa es su manera de divertirse. Aunque no puedo imaginarme qué es lo que tendrán ahora dentro de la cabeza.

Ya de noche, Padre consiguió librarse de su campesina robusta y el sanitario nos llevó a la cabaña donde íbamos a dormir. Colocamos nuestros sacos de dormir sobre unos pellejos de borrego. Padre y Eliana cayeron como fardos, supongo que por la chicha. Yo, en cambio, no podía dormir. El ruido de las quenas y los tambores llegaba de afuera y me golpeaba la cabeza. Me ardía la cara quemada. Y en cuanto cerraba los ojos, veía polleras de colores que giraban y giraban hasta marearme. Sentía picores por todo el cuerpo. ¡Seguro que aquella piel de borrego tenía chinches! Sentía ráfagas de viento helado que entraban por las grietas de las paredes. Descubrí un agujero en el techo por el que aparecía justamente el ojo de una estrella. Pensé que aquella estrella se podría ver en aquel momento en muchas otras partes. ¡Quizá también en España!

«¡España! ¡Siempre estás igual, merluza!», me gruñí. «En España ya estará casi amaneciendo. Además, las estrellas del hemisferio norte no son las mismas que las del hemisferio sur».

Había olvidado ese pequeño detalle. Pero no importaba. En el hemisferio sur también habría ciudades grandes y luminosas como Madrid, en las que ahora mismo se estaría viendo esa estrella. Y tener en común aunque sólo fuese una estrella con aquellos sitios tan «civilizados» y llenos de gente me hacía sentirme más tranquila. Gracias a aquella idea tan tonta pude al fin dormirme.

Me desperté en medio de la noche sin saber por qué. No se oía nada, no se veía nada, pero sentí que «algo» estaba pasando fuera. Tardé un rato larguíííísimo en atreverme a salir de mi saco y avanzar a tientas hasta la puerta. Salí. En la oscuridad saltaba a la vista el ventanuco de la posta, con su luz encendida. Brillaba de una forma cálida y amable en medio de la noche fría y enorme. Miré el reloj. Las tres de la madrugada.

Asomé la nariz por el ventanuco. Allí estaba el sanitario, leyendo con aire de gente importante un periódico viejo. Y alrededor, sentados en el suelo, un montón de hombres y mujeres sin hacer nada, nada más que mirar con intensidad y fervor el interior iluminado del cuartucho, como si se estuvieran bebiendo a sorbitos la luz con los ojos.

Ahora sí que había visto realmente a *Tata Inti* encerrado en una bombilla.

21

AL día siguiente, hasta los niños salieron de la escuela para despedirnos. Vi al maestro agitar su gorra de *Dallas Cowboys* hasta que se lo tragó el polvo que levantaba nuestro coche.

Padre estaba de mal humor. No logró abrir bien los ojos en todo el viaje. Sólo se le veían dos rayitas que de vez en cuando se arrugaban mientras se quejaba de punzadas en la cabeza y maldecía la chicha entre dientes.

—Tiene *chaki* [1], pues —reían los técnicos.

Y Padre se enfadaba más todavía.

Yo también tenía mi *chaki*, pero no de chicha, sino de sol. La cara me ardía y me dolía la cabeza, pero no me quejé porque no estaba el horno para bollos.

A media mañana llegamos a otro pueblo donde había que instalar un panel solar. Pero esta vez, nada más terminar la instalación, sa-

---

[1] Resaca.

limos pitando sin dar tiempo a que trajeran la chicha y a la chica robusta del pueblo para que bailara con Padre. Creo que eso a los del pueblo no les hizo mucha gracia, porque a aquella gente le gusta ser hospitalaria y agradecida aunque uno no quiera. Sólo los técnicos se quedaron a festejar. Padre se despidió de ellos con el coche en marcha:

—Nos vemos mañana en Caja... Catapa...

—Cajuatapata.

—Eso.

Eliana miró su reloj.

—Perfecto. Tenemos tiempo para llegar a dormir a Choquehuanca.

—¿Choquehuanca? —Padre se extrañó—. ¿Qué se nos ha perdido allí? Nuestro próximo panel solar es en Caja... Capua...

—No importa —interrumpió Eliana—. Es sólo un pequeño desvío. Podemos pasar allí la noche. Les tengo preparada una sorpresa.

El «pequeño desvío» de Eliana fueron cuatro horas. Y su sorpresa era don Melchor. Don Melchor era viejo, se movía despacio y lo miraba todo con mucha intensidad, como si pudiera ver por dentro de las cosas. Y según Eliana, veía realmente por dentro de las cosas, porque era *yatiri*, o sea, medio sacerdote, medio curandero. Podía sanar enfermedades, conocer el destino de la gente, leer en la naturaleza mensajes que a los demás se nos escapan y hablar con el más allá.

El curandero nos invitó a pasar a su casa y nos sentó en torno a una mesa. Afuera estaba atardeciendo, pero allí dentro estaba ya muy oscuro. Hasta que don Melchor nos alumbró poniendo sobre la mesa una lámpara de aceite de lo más curioso: antes que lámpara había sido un bote de aerosol matacucarachas. Se ve que por allí no había llegado la energía solar de Padre.

—Don Melchor y yo somos viejos amigos —dijo Eliana—. Cuando viaja a La Paz, siempre pasa a verme y a venderme ungüentos medicinales.

—Pero vamos a ver, Eliana —susurró Padre, aprovechando que don Melchor se había levantado para encender el brasero—. ¿Cómo toda una señora doctora puede creer en ungüentos milagrosos, amuletos y rezos?

Además de ver lo que los demás no veían, aquel hombre oía lo que no debía, porque fue él quien contestó a Padre con palabras firmes y suaves a la vez:

—Cada enfermedad necesita su remedio, ingeniero. Hay enfermedades que sólo los médicos pueden curar. Hay otras que deben curarlas los *yatiris*. Y hay otras que no las cura nadie. Antes de atender a un enfermo, con-

114

sulto en las hojas de coca si soy yo quien debe sanarlo... —miró a Padre con ojos que me parecieron algo maliciosos—. Y como lo suyo no es realmente una enfermedad, permítame que le ofrezca un remedio sin necesidad de leer la coca —tendió a Padre una taza humeante que olía muy fuerte a Dios sabe qué—. Bébase esto, para su *chaki*.

—¿Qué *chaki*? —gruñó Padre, entre molesto y asombrado.

Don Melchor no contestó. Padre alzó las cejas mirando a Eliana, como diciendo: «¿Lo tomo? Dímelo tú que eres médico». Eliana respondió moviendo un pulgar hacia su boca, como respondiendo: «¡Adentro!».

No sé si sería efecto de aquella bebida, pero a partir de entonces a Padre se le fueron abriendo poco a poco los ojos, y al final de aquella velada los tendría abiertos como platos. Claro que a mí me pasó lo mismo sin tener que beber ningún brebaje.

Para empezar, don Melchor nos convidó a *acullicar*. Dicho en cristiano: a mascar hojas de coca. Eran unas hojas verdes, más bien pequeñas, de aspecto normalito. Había que ponérselas en un lado de la boca e irlas amasando con la lengua para sacarles el jugo. Despacito, sin prisa. Seguro que nos veíamos muy graciosos los tres en torno a la mesa, con un moflete hinchado como si tuviésemos un flemón. Pero nadie se reía, y nadie hablaba siquiera. Era todo muy solemne, como si estuviéramos en misa. Pero al mismo tiempo se estaba a gusto. No hacía falta decir nada.

Luego supe que los indios bolivianos llevan siglos mascando coca. Por lo visto la coca quita el cansancio y la sensación de hambre. Teniendo en cuenta que deben de pasarse el día cansados y hambrientos, el invento no me pareció ninguna tontería. También usaban la coca, y la siguen usando, en sus ceremonias religiosas, y la toman en infusión, y se la ponen en la frente cuando tienen dolor de cabeza, y hasta hacen con ella pasta de dientes. Vaya, que los indios y la coca son como Padre y la energía solar: piensan que sirve lo mismo para un roto que para un descosido.

Pero bueno: antes de este intermedio, nos habíamos quedado todos acullicando. Y así seguimos hasta que Eliana rompió el silencio diciendo:

—Don Melchor, ¿querría usted leer la coca aquí a mi amigo el ingeniero?

—No... —empezó Padre—. Yo no cr...

Y ahí se detuvo. Juraría que iba a decir: «Yo no creo en esas cosas», pero lo debió de pensar mejor. Quizá porque empezaba a sentir respeto por don Melchor y no quería ofenderlo, o quizá porque estaba hasta un poco dispuesto a creer en «esas cosas».

Don Melchor se levantó y su sombra inmensa bailoteó por las paredes. Volvió con una tela de aguayo que extendió sobre la mesa. Eligió unas cuantas hojas de coca y las estuvo manoseando un rato antes de dejarlas caer sobre el aguayo como una lluvia. Parecía muy concentrado. La mitad de la cara le brillaba de sudor a la luz del bote de matacucarachas y la otra mitad quedaba toda a oscuras. Daba un poco de miedo. A ratos echaba tragos de una botella de aguardiente, hacía buches con el alcohol, y lo esparcía como un surtidor sobre la tela. Luego fruncía la nariz, gruñía y escupía las palabras como si le dolieran.

—Mmmm... Dos mujeres...

Eliana y yo nos miramos inmediatamente y bajamos la vista, como los vecinos cuando jugaban a espiarse en el ascensor de casa. Pasó un largo rato antes de que don Melchor volviera a hablar:

—Envidia. Guárdese de la envidia... Alguien le quiere mal.

Nuevos murmullos y rociadas de alcohol.

—Un viaje... Un viaje largo... Quizá sin retorno.

Parecía que había un par de hojas que no le gustaban nada a don Melchor. No hacía más que escupir alcohol y resoplar sobre ellas, como si quisiera separarlas. Finalmente arrugó tanto el entrecejo que le desaparecieron los ojos.

—Hay algo que no veo claro y por eso prefiero no hablar de ello. Quizá otro día... Les mostraré ahorita dónde pueden dormir.

Al levantarme, noté que tenía todo el cuerpo agarrotado por la tensión. Y las horas se me habían ido volando escuchando a don Melchor.

Antes de dormirme estuve pensando en sus predicciones. Y de pronto sonreí por dentro. Seguro que lo que el *yatiri* no veía con claridad en la coca eran las Cosas Con Mayúscula que le interesaban a Padre. Apuesto a que aquellas hojas que no supo leer decían: Energías Alternativas, Pacifismo, Ecología, Cuestión Indígena... Y esas cosas a un campesino del Altiplano le debían de sonar a chino, por más adivino que fuese.

22

SOÑÉ que me clavaban agujas en la cabeza, y cuando desperté me las seguían clavando. Estuve un rato con los ojos cerrados, oyendo cómo Padre y Eliana preparaban las cosas para el viaje, cuchicheando entre sí y soltando risitas. Las risitas me dolían como unas cuantas agujas.

—María —susurró ahora a mi lado la voz de Padre—. María, tenemos que salir ya.

Abrí los ojos y todas las agujas se hundieron de pronto un poco más en mi cabeza. Me incorporé en el saco y la habitación empezó a girar en torno mío. Volví a tumbarme otra vez, asustada.

—¿Qué tienes, María?

—No sé... La cabeza me duele... Y estoy un poco mareada...

Eliana se acercó y me tocó la frente.

—Tiene algo de fiebre... Yo creo que ha sido el sol de ayer, que le ha hecho mal. Lo mejor es que se quede descansando.

Padre y Eliana se alejaron unos pasos de mí y me llegaron ráfagas de su conversación a media voz:

—... Pero hay que llegar a Caja... Caja..., ¡puñetas!, como sea. No hay más días... —era la voz preocupada de Padre.

—... Nada, yo me quedo con la niña... —«la niña», ésa era yo para Eliana. Odié esa palabra y me dio otra punzada en la cabeza.

—... Será lo mejor... —una pausa—. Oye, ¿y cómo llego yo sólo a ese maldito lugar? Porque anda que el desvío por el que vinimos ayer se las traía, ¿eh?

—... Que alguien del pueblo te acompañe... El mismo don Melchor...

La «niña» interrumpió la conversación:

—No estoy tan mal. Puedo quedarme yo sola —dije con firmeza, un poco de rencor y otro poco de ganas de hacer de mártir. Casi prefería que Eliana y Padre se pasaran un día solos soltando risitas a sus anchas a que Eliana adoptase conmigo el papel de madre.

Se fueron después de media hora de dudas y titubeos de Padre.

—Ponte bien, Marucha. Como a las cuatro estamos aquí —me susurró en el oído.

Luego, se oyó el ronroneo de un motor y el canto de un gallo. Me quedé amodorrada.

Desperté con escalofríos y punzadas por todo el cuerpo. Algo me estaba taladrando la cabeza. De vez en cuando se me contraían los músculos sin yo quererlo. Una mano rasposa me tocó la frente y sólo su contacto me dolió.

—Estás enferma, *palomitay* —dijo don Melchor mirándome con sus ojillos tan vivos.

Me encontraba realmente mal. Tuve miedo y una sensación muy grande de abandono, como aquel día, hacía ya siglos, en que Padre se olvidó de irme a buscar a la guardería y pensé que no vendría por mí jamás.

—No estés asustada. Melchor te va a curar. Sopla aquí tres veces.

Obedecí automáticamente. Me incorporé un poco y di tres soplidos ridículos sobre un trapo que don Melchor tenía en las manos. La habitación dio siete vueltas en torno a mi cabeza.

—A ver qué dice la coca sobre tu enfermedad... —murmuró don Melchor.

Mientras el *yatiri* hacía sus manejos con las hojas de coca, apreté los ojos y llamé con la mente a Padre, tan fuerte que me pareció casi imposible que no me oyera.

—La Tierra te ha cogido, *m'hijita*, y no quiere soltarte —dijo al cabo don Melchor—. La

Tierra se ha enojado contigo y ha agarrado tu espíritu, seguramente cuando venías hacia aquí. Hay que hacerla apaciguar para que te lo devuelva.

¡La Tierra! ¡Vaya memez! Lo que yo necesitaba era un médico de verdad, vestido de blanco, que me recetara algún antibiótico de nombre muy largo y acabado en ine. Pero no tenía fuerzas para protestar.

Todo lo que ocurrió a partir de entonces lo recuerdo como en una bruma. El cuartucho aquel se llenó de olores raros: a tabaco, a hierbas... Me recuerdo incorporada a medias, envuelta en una manta, respirando los vapores de una tina llena de agua y hierbas. Y luego, acostada, con don Melchor restregando mi cuerpo con una pomada viscosa, mientras unas cuantas viejas me rodeaban murmurando, mascando coca, bebiendo y fumando cigarrillos. En cuanto pretendía incorporarme, la habitación volvía a correr como loca alrededor mío. Y Padre no venía aunque yo le llamaba a gritos con la mente. Estaba enfadada con él por eso, qué tontería. Hasta que en algún momento perdí la esperanza de que viniera. Estaba sola. Sola en territorio enemigo. Sin Tijeras, sin médico. Sin nada de mi mundo. Y encima la Tierra me había cogido, o eso decía don Melchor. Pero no había que hacer caso a don Melchor. Era la fiebre, que me hacía creer tonterías. ¿Por qué me iba a coger a mí la Tierra? ¿Qué le había hecho yo a la *Pachamama*? ¡Boba! Ya hablaba de la Tierra como si fuera una persona, igual que los indios. Hasta empezaban a ocurrírseme cosas que podían haberla ofendido: la *Pachamama* era la madre Tierra, la madre de los bolivianos. Era Bolivia. Y yo la había odiado, la había despreciado. Me creía por encima de sus habitantes. Me burlaba de sus cholas. Me reía cuando don Melchor leía las hojas de coca. Cerraba los ojos a las cosas que no me gustaban y las metía en «mi trastero».

Pedí perdón a la Tierra. Estaba muy asustada. Le expliqué que ya no la despreciaba, eso había sido antes. Le había ofrecido alcohol en Todos Santos, ¿es que no se acordaba? Era amiga de Casilda, sabía hacer *sajta* de pollo, había mascado coca, me empezaba a gustar el sonido de la quena y el cielo del Altiplano... Total, que estaba aprendiendo a respetarla, y si me soltaba... Si me soltaba, la iba a respetar aún mucho más. No iba a reírme de lo que no entendía. No iba a volver la cara a las cosas feas. Iba a honrar a la Tierra siempre... Era un pacto entre nosotras. Y lo iba a cumplir. ¡Vaya si lo iba a cumplir! Ponía al abuelo Illimani por testigo.

Al imaginarme la silueta del Illimani, me fui tranquilizando. Hasta que me entró sueño y con el sueño se me fue el miedo. Me parecía que lo que estaba pasando no me pasaba de veras a mí. Incluso llegué a decirme: «A lo mejor es que me voy a morir». Pero aquello no me afectó mucho, como si yo no fuera yo, o como si morirse no fuera tan grave, después de todo.

Cuando volví a abrir los ojos, me encontraba casi bien. Enseguida me acordé de la *Pachamama*. Parecía que había cumplido su parte del trato. Ya no llegaba luz a través del ventanuco. Me asusté: ¡Padre! Las cuatro de la tarde tenían que haber pasado hacía tiempo y Padre no había regresado. ¿Le habría pasado algo? ¿Y si había tenido un accidente? Las palabras que había dicho don Melchor la noche anterior empezaron a bailar en mi cabeza: «Un largo viaje, quizá sin retorno..., quizá sin retorno..., quizá sin retorno...».

Y sentí una angustia muy grande que me recorría todo el cuerpo y se me quedaba como una bola en el centro del pecho. La Tierra me había soltado, pero había cogido a cambio a Padre, y todo para castigarme a mí, porque Padre... ¿cómo podía haber ofendido él a la *Pachamama*? Precisamente él con su ecologismo, sus paneles solares, su chaleco de colorines, su defensa de lo indígena... Esa *Pacha-mama* no estaba siendo nada justa.

—Creo que la Tierra ya te soltó, *palomitay* —otra vez la mano correosa de don Melchor estaba en mi frente.

—¿Dónde está mi padre? ¿No ha vuelto to-davía? —gemí incorporándome en el saco.

—Ya llegará, ya llegará... —me apaciguó don Melchor—. Ahora debes descansar y no preo-cuparte por nada. La enfermedad puede vol-ver a ti si tienes congoja y preocupación. Toma, me vas a beber esto.

Me dio mi enésimo brebaje del día, y lo bebí sin protestar. Tenía mucha sed. No sé qué ten-dría, que pronto me empezó a pesar la cabeza y volví a quedarme medio dormida.

La *Pachamama* me tenía agarrada por una pierna. Yo pedía ayuda a Padre: «¡Padre! ¡Pa-dre! Ayúdame. Me ha cogido la Tierra y no me quiere soltar».

Pero Padre estaba en el coche intercambian-do risitas con Eliana y no me escuchaba. Peor: ponía el coche en marcha y se alejaba por el Altiplano sin acordarse de mí. Justo entonces la *Pachamama* me soltaba riendo. Yo corría de-trás del coche, pero no lograba alcanzarlo.

«¡Padre! ¡No me dejes sola! ¡Los demás ni-ños ya se han ido...!»

De pronto no estaba en el Altiplano, sino en

mi guardería de Madrid, de cuando era una cría, y quería salir de allí a buscar a Padre, porque sabía que Padre iba a tener un accidente y sólo yo le podía salvar. Pero las maestras no me dejaban salir, y en cambio querían que cantase con ellas eso de «los tres cerditos ya están en la cama», las muy idiotas. Y entonces la puerta de un coche se cerró.

Abrí los ojos en la oscuridad. Otra puerta de coche se cerró. Contuve la respiración. Un, dos, tres, cuatro, cinco, seis... Se abrió la puerta del cuarto.

—¡Papá! —chillé.

Y me abracé a su bulto como si fuera la protagonista de un culebrón de la tele. Hasta se me escaparon unas lagrimitas.

—¡Bueno, bueno, Marucha! Tampoco es para tanto...

Ya no estaba enferma: estaba sentada y la habitación permanecía quieta. Tijeras me miraba a la luz de una vela con cara mitad tierna, mitad guasona. De pronto todo estaba bien y lo que hacía unas horas me parecía trágico se volvía ridículo: mi pacto con la *Pachamama*, el accidente de Padre, yo llamándole por telepatía... Pestañeé muchas veces seguidas para secarme los ojos. Delante de Tijeras, las lágrimas siempre parecen estar de más.

Padre me explicó de forma confusa sus

aventuras del día. Cómo habían pinchado dos veces; la segunda, sin rueda de repuesto. Cómo habían intentado caminar hasta Cajuatapata, pero se habían perdido a medio camino. Cómo habían sudado. Cómo los técnicos los habían encontrado al anochecer. Cómo habían tiritado. Cómo habían tragado polvo. Cómo no volvería a viajar por el Altiplano jamás sin cuatro ruedas de repuesto, una manta de alpaca y un ventilador de pilas.

—Y dime, María, ¿tú cómo has estado?

—¿Yo...? Bueno... Así, así.

23

No sé si me «cogió la Tierra», como aseguraba don Melchor, o me cogió el sol y tuve una vulgar insolación, como decía Eliana. La cosa es que al poco de volver a La Paz estaba otra vez tan campante. Después de cinco días dando tumbos por el Altiplano, me pareció increíble poder ducharme de nuevo, y dormir en una cama de verdad, y comer algo que no fuesen papas, y darle al interruptor de la luz y que se encendiera. Me prometí que no iba a volver a dar esas cosas por supuestas. Durante una semana, abrir un grifo, encender la luz, meterme entre las sábanas, comer una manzana... fueron como milagros pequeños que agradecía no sabía muy bien a quién: ¿A Dios? ¿A la *Pachamama*? ¿Al destino? Claro que enseguida todo volvió a ser como siempre, y había que oírme maldecir como un camionero cada vez que se estropeaba el agua caliente.

En mi pacto con la *Pachamama* prefería no

pensar mucho. A ratos me sentía ridícula por haber tenido una idea tan absurda. Y a ratos me sentía avergonzada porque a lo mejor la idea no era absurda y yo no estaba haciendo nada por cumplir mi parte. Claro que tampoco sabía muy bien en qué consistía mi parte. Estuve muchas veces a punto de hablarle del pacto a Casilda. A lo mejor le hubiera parecido de lo más normal. Pero mientras me decidía, otra cosa se puso por medio: empezó el curso en el colegio angloamericano.

Ir cada mañana al colegio era como viajar a otro país. Y el país al que más se parecía aquello era Estados Unidos, si es verdad lo que enseñan las películas. Allí no había casi caras morenas, todos hablaban en inglés y todos tenían uno de esos armarios de metal que ellos llaman *lockers* y que se ven siempre en los pasillos de las escuelas en las películas americanas. Siempre me había hecho ilusión tener uno.

Servían hamburguesas y *donuts* en la cafetería, aprendíamos historia de los Estados Unidos y nos saludábamos diciendo *hi*.

A la salida había hasta coches con chófer esperando a los alumnos, y sólo recordaba que estábamos en Bolivia cuando veía en la esquina a la chola Pancha en su puesto lleno de chocolates, chicles y dulces de maní a cincuenta centavitos la media docena.

Caí bien. Mira por dónde, les hizo gracia mi acento español y mi inglés patatero. Todo el mundo quería hablar con la española, la nueva. Las chicas me invitaban los fines de semana a sus casas con jardín a las afueras de La Paz. Salíamos a tomar pizza con coca-cola y a tontear con los chicos. Cantábamos canciones en inglés. Como pasa tantas veces (por lo menos a mí me pasa), lo que esperaba horrible acabó resultando hasta agradable. Empecé a estar muy ocupada.

A Casilda sólo la veía un ratito al volver del colegio, si es que todavía no se había marchado. Perdí la costumbre de ir a la cocina a charlar con ella. Un par de días vi un montón de papas sobre la mesa, pero preferí pensar que estaban allí por casualidad. Apenas sacaba una hora a la semana para continuar con nuestras clases de lectura. Ella misma ya no parecía tan interesada en aprender. Se distraía, tartamudeaba, enrojecía por nada, como si fuera otra vez la Casilda del día en que nos conocimos. Parecía que el estar ahora tanto tiempo separadas había hecho retroceder nuestra relación al principio. Y yo no tenía paciencia para andar otra vez todo aquel camino. Me enfadaba cuando veía que Casilda olvidaba cada día más de lo que aprendía, o cuando aseguraba haber comprendido lo que no comprendía. Así que interrumpía la lección porque no tenía tiempo que perder, y aún debía hacer los deberes, y grabar una casete que me habían prestado, y escribirle a Bea que Quien-tú-ya-sabes era un *poroto* [1] al lado del ñato que acababa de conocer.

---

[1] Un *poroto* es una alubia, vaya, algo insignificante.

24

Casilda faltó varios días antes de que Padre y yo nos comenzáramos a preocupar. Como no tenía un teléfono donde pudiéramos llamarla, dejamos estar la cosa durante el resto de la semana. Volvimos a criar un cerco amarillo en la bañera, volvimos a comprar latas y a comer huevos a la boliviana, y yo aproveché para hacer la segunda tortilla de patatas de mi vida.

—Podríamos acercarnos a casa de Casilda a ver qué le ha pasado —propuso Padre el sábado por la mañana—. ¿Tú crees que sabrías llegar?

¡Vaya rollo!

—¡Ooooh, *Scissors*...! —desde que empecé en el colegio angloamericano, me gustaba llamar a Tijeras en inglés. Me parecía más molón—. Es que he quedado en ir a jugar *racket ball* con Carla...

Padre me miró con esa cara suya de estar

contemplando un vil gusano y no hizo ningún comentario.

Esa cara de Tijeras es de lo más eficaz. Un par de horas después, bajábamos del *trufi* en la misma explanada en que habíamos descendido Casilda y yo meses atrás, o por lo menos en una explanada parecida. Seguían allí los chicos jugando al fútbol con la pelota de trapo, y los chuchos sarnosos ladrando en cada patio.

Nos costó un buen rato dar con la casa de Casilda. Suerte que reconocí a Winston porque era el único perro bizco del barrio.

Casilda estaba en el patio lavando ropa en un balde. Cuando nos vio, se quedó con una camiseta a medio escurrir en las manos, quieta como una fotografía.

—Hola, Casilda —dijo Padre—. ¿Qué te ha pasado estos días? ¿Has estado enferma?

Casilda negó con la cabeza.

—¿Ha habido algún problema en tu casa?

Casilda volvió a menear la cabeza de lado a lado.

—¿Entonces? ¿Es que ya no quieres ir más?

Casilda volvió a menear la cabeza y se le contrajo la cara como si fuera a llorar. Nunca la había visto decir no tantas veces seguidas.

—Casilda... —me acerqué un poco más a ella—. ¿Qué te pasa?

Casilda miró a Padre y luego clavó la vista en el suelo, siempre callada.

—¿Prefieres que hablemos tú y yo solas?

Casilda dijo una especie de sí y Padre se fue al otro extremo del patio para comprobar si los perros bizcos sabían recoger palitos cuando se los tiraban.

Bien que sentí no tener en aquel momento una papa a mano. No sé por qué, o a lo mejor sí lo sé, me sentía avergonzada delante de Casilda. De nuevo me costaba hablar con ella, y más aún le costaba a ella hablar conmigo. Pasó un buen rato antes de que Casilda soltara de sopetón:

—Estoy esperando familia.

—¿Familia? ¿Viene tu madre del pueblo?

Casilda negó con la cabeza.

—¿Es tu familia del más allá? ¿Otra vez hay fiesta para los muertos?

Casilda volvió a negar y dio una patadita en el suelo, como impaciente por mi torpeza.

—*Wawa*, pues.

—¡Winston, perro tonto! —se oía a Padre en el otro extremo del patio—. Ése no es el palo que te he tirado.

El día era tan azul que hacía daño mirar al cielo.

En la cuerda de tender la ropa ondeaban una pollera rosa y una camiseta de niño.

Todas estas cosas las recuerdo perfectamente. Como siempre que me dan una noticia que no quiero oír, empecé a fijarme en detalles a mi alrededor que me impidieran concentrarme en ella. Pero la noticia igual estaba allí: *Wawa*, pues.

No podía ser. Casilda, apenas mayor que yo, iba a ser madre, cuando yo aún tenía reciente la noticia de que los niños no venían de París. Casilda iba a ser madre y yo sólo le había dado una vez un beso a Juanjo en una fiesta, y sólo porque no se dijera que no lo había hecho nunca.

No podía ser. Pero claro que podía ser. Al momento siguiente me sentí estúpida por no haber visto antes lo que estaba tan claro. La tripa redonda de Casilda, aun debajo de sus polleras y delantales. Su aire tímido, distraído y preocupado de las últimas semanas.

—¿Por qué no nos lo has dicho? —dije al fin—. Seguro que Padre te habría echado una mano.

Y justo entonces me acordé de un montón de papas sobre la mesa de la cocina al que no había hecho caso. Me puse colorada.

—Pensé que no les iba a gustar —dijo Casilda—. Cuando pasan estas cosas, a los señores nunca les gusta y de todas formas acaban echando a la empleada de la casa. Preferí irme yo sola.

—Pero... pero ni siquiera me habías dicho que tenías un... un... —me vino a la cabeza la palabra que utilizaban allá—: Un enamorado.

—No tengo un enamorado —Casilda escurrió con rabia un pantalón—. Creí que lo tenía, pero sólo estuvo por aquí un mes y luego nadie le vio más.

—Tu tía debe de estar enfadada...

—Bueno... Al principio se enfadó y me sonó, y también mi primo el mayor. Pero ya se les pasó. Y yo también estoy casi contenta. Además, una mujer preñada no debe tener rabia ni preocupación, que luego sale mal la criatura.

Y como para seguir este consejo, Casilda sonrió.

—Ya tengo ganas de que llegue la *wawita*. Buscaré otro trabajo y de repente mi prima la menor puede atenderla mientras estoy fuera. Y si no, igual me apañaré, porque una madre siempre sabe cómo sacar adelante a su hijo. A lo mejor tejo *chompas*[1] para los turistas, que tengo una amiga que lo hace y se saca bastante plata. ¿Cómo será?

Ahora que Casilda parecía animada era yo la que la miraba entre triste y embobada. Y de pronto me pareció que Casilda era mujer y

---

[1] Jerséis.

sabia mientras yo seguía siendo niña y tonta. A lo mejor lo de ser persona mayor era eso: encarar las cosas según van viniendo y aprender a vivir con ellas sin que nadie tenga que ayudarte ni tomar las decisiones por ti. Y uno podía ser un adulto hecho y derecho y no saber leer de corrido, y no conocer los nombres de los océanos, y creer que llevando una papa en el bolsillo se cura el dolor de pies.

25

Subí varias veces a ver a Casilda, cada vez más gorda, pero ya no era lo mismo que en casa. Allí no había papas, y en cambio había esa habitación tan fea y oscura donde armaban jaleo sus primos, gruñía su tío y dormitaba su abuelo. Encima del catre de Casilda estaba la postal de los Alpes que me había enviado Bea. Apenas hablábamos de nada. Yo le subía unos chocolates, y dinero que me daba Padre para ella. Y me daba una vergüenza horrorosa, como si con esos regalos estuviera tratando de comprar lo que una vez tuvimos y yo había echado a perder. Y me sentía como si yo fuera una dama de la alta sociedad haciendo una obra de caridad, y ella la pobre de turno.

Volvía a casa nerviosa y de mal humor. Para calmarme quitaba el cerco amarillento de la bañera, cocinaba y hasta planchaba la ropa. Claro que Padre ni siquiera se daba cuenta de estas cosas. Por entonces su proyecto de Electrificación Solar del Altiplano empezó a dar problemas. Padre llegaba de trabajar muy tarde, con ojeras y la corbata hecha un guiñapo. Tenía muchas conversaciones fuertes por teléfono, en las que soltaba unos tacos que hubieran puesto los pelos de punta a tía Leonor. Ya no leía esos libros con títulos que empezaban por *Problemática, Opresión* o *Usurpación* y acababan por *indígena*. Hasta se olvidó de ponerse su chaleco de colorines. Fue una suerte, porque así no pudo darse cuenta de que le había hecho un agujero con la plancha.

Hasta que un día Tijeras llegó de trabajar con la corbata más arrugada que nunca, justo a la hora del belén, se dejó caer en el sofá, miró unos instantes las luces de la ladera y dijo:

—María, ¿qué te parecería si volviésemos a España?

Y otra vez, ¡mira que soy boba!, la cosa me pilló de sopetón. Estuve casi un minuto mirando fijamente una luz de la ladera que, no sé por qué, había decidido que era la de casa de Casilda. A ver si entretanto cambiaban las cosas y la frase de Padre se disolvía en el aire como si nunca hubiese existido. Y otra vez, como siempre, el truco no sirvió de nada, y la pregunta siguió allí:

¿Qué te parecería si volviésemos a España?

Yo sabía que Padre preguntaba por preguntar, y que volveríamos a España lo quisiera yo o no. Porque yo seguía siendo una niña y mi opinión no contaba. Lo gracioso es que esta vez me dio por pensar que la opinión de Padre no contaba tampoco. Estaba claro que él no quería irse: lo echaban. A lo mejor eran esas envidias de las que había hablado don Melchor al leer la coca. O a lo mejor... —se me paró un momento el corazón—, a lo mejor era otra vez la *Pachamama*, que en realidad me estaba expulsando a mí.

Era la primera vez que me acordaba de mi pacto con la *Pachamama* desde que empezó el colegio. Le había prometido cambiar, no sabía muy bien cómo. Y había cambiado, ¡vaya si había cambiado! Pero a peor. Se podía decir que había dado la espalda a Bolivia y me había ido a vivir a Estados Unidos. Hasta había traicionado a Casilda. Por eso la *Pachamama* ya no quería nada conmigo y me echaba.

Mientras pensaba estas cosas, Padre me miraba conteniendo la respiración, esperando la rabieta de turno. Se sorprendió mucho cuando sólo dije:

—¿Cuándo nos vamos?

—En unas dos semanas.

—Ni siquiera conoceremos al hijo de Casilda.

No le dije a Padre que volvíamos a España por mi culpa. De todas formas, no lo habría comprendido. Es un tipo muy lógico. La verdad es que yo misma, mirando la cosas desde España, me volví a reír de mi pacto con la Tierra. Aquí todo es tan distinto, no sé, tan «normal»... Nunca te acuerdas de la Tierra, ni piensas que esté viva. Si te pones enfermo, es por culpa de un estreptococo, y eso no tiene nada que ver con la *Pachamama*. Las montañas nevadas sirven para esquiar sobre ellas, no para hacer de abuelos de nadie. Los niños son niños y los adultos, adultos. Y los pobres suelen llevar zapatos. Una tiende a olvidarse de que existen sitios donde no pasa eso. Hasta que viene el abuelo Illimani a recordármelo. Desde que volví a España, viene de vez en cuando a visitarme en sueños. No dice nada, no hace nada (por algo es un monte), pero me despierto sudando y luego estoy todo el día con mala conciencia. Creo que lo envía la *Pachamama* para recordarme mi deuda. Bueno, lo creo y no lo creo. Pero supongo que da igual que sea verdad o fantasía. La cosa es que tengo que volver algún día, aunque todavía no sé muy bien a qué. A lo mejor voy y hago algo Con Mayúscula.

La señorita María se fue antes de que naciera la wawa. Cuando subió a despedirse a la casa, lloré bastante porque le tenía mucho aprecio a la señorita, que es lo que pasa con los gringos, que vienen y se van cuando una menos lo espera y por eso es mejor no encariñarse mucho con ellos. Ella también lloró un poco pero hacía como que no, porque a las gringas les da vergüenza llorar, como si fueran hombres. Nosotras las de aquí lloramos y reímos más fácil y eso siempre alivia, que por lo menos eso tiene de bueno ser mujer, porque los hombres no deben llorar. El papá de la María no lloró, claro, pero estuvo muy cariñoso. Y sentí que se fuera porque hubiera sido un buen padrino para el niño, que hasta yo le quería poner Tijeras de nombre en su honor. Pero cuando se lo dije, él venga a reírse, que resulta que Tijeras es su apellido y no su nombre de cristiano. Yo me sentí como una zonza. Es lo malo con esta gente extranjera, que siempre te hacen sentir de menos, como que ellos lo saben todo y tú no sabes nada, y luego que son medio caprichosos para sus cosas y nunca sabes lo que piensan ni cómo van a reaccionar. Y por eso no se les pueden decir todas las cosas porque a veces lo que dices les enoja y se enfadan contigo como si tuvieras la culpa de que las cosas son como son.

En algún sitio tengo anotada la dirección de la señorita María en Madrí porque prometí mandarle carta, pero la verdad, con el niño y el trabajo y todo no me da mucho tiempo. Además que casi todo lo que sabía de letras lo olvidé de no practicar y tengo vergüenza de hacerlo mal. De todos modos, capaz que no se acuerda ya de mí.

142